CHRISTY LEFTERI

THE
BEEKEEPER

阿勒颇养蜂人

〔英〕克里丝蒂·莱夫特里_____著

王国平 王宏宇问_____译

OF
ALEPPO

湖南文艺出版社
HUNAN LITERATURE AND ART PUBLISHING HOUSE

博集天卷
CS-BOOKY

谨以此书献给

我的父亲和 S

我不敢看妻子的眼睛。那双眼睛看不见外面的世界，别人也休想透过它们了解她的心思。你瞧，那双眼睛就好像石头，玄武石，海石。你看看她，看她坐在床沿，睡衣丢在地上，手指盘着穆罕默德的弹子，等我为她穿衣打扮。我磨磨蹭蹭地穿上衬衫和裤子，因为我真的不愿替她穿衣。你看她腹部颜色如沙漠蜂蜜一般的赘肉，深色的褶缝，胸口一条条灰白的细纹和指尖的小伤口。坑坑洼洼的伤口里曾经沾着红黄蓝的油彩。她曾经的笑声那么爽朗，闻声如见其人。我盯着她，觉得她仿佛变了一个人。

"我做了一夜零零碎碎的梦。"她说，"乱糟糟地填满了一屋子。"她的眼睛稍稍偏向我的左边。我觉得恶心。

"那做什么解释？"

"断断续续，东一榔头西一棒槌的。我也说不好我是梦是醒。梦一夜不断，好像屋子里的蜜蜂，满屋子都是嗡嗡飞舞的蜜蜂。我喘不上气。我醒来后想，行行好，千万别让我挨饿了。"

我盯着她的脸，不知从何说起。她面无表情。我不想告诉她我只梦见了凶杀，做的始终是同一个梦；梦中只有我和那个男

1

人，我握着棒球棍，手鲜血淋漓；我的梦里没有别人，他躺在地上，头顶是枝丫交错的树，他嘀咕着，但我什么也听不清。

"我疼。"她说。

"哪里疼？"

"眼底，疼得钻心。"

我跪在她面前，盯着她的眼睛。她眼中的空洞茫然让我慌了神。我从口袋里掏出手机，打开电筒照了照那双眼睛。可她的瞳孔却毫无反应。

"你看得见吗？"我问。

"看不见。"

"什么都看不见？色调或颜色的变化呢？"

"只有黑茫茫的一片。"

我把手机揣进口袋，退后一步。我们来这里后，她的情况每况愈下，她的灵魂仿佛在消散枯竭。

"你能带我去看医生吗？"她问，"我疼得受不了了。"

"当然能。"我说，"马上就去。"

"什么时候？"

"一拿到证件就去。"

幸好阿芙拉看不见这地方。她喜欢海鸥，拼命地拍打翅膀、振翅高飞的海鸥。阿勒颇[1]远离大海。她在海边长大，准爱看这些鸟儿和海滨，而我生在城市和沙漠交接的阿勒颇东郊。

新婚过后，她随我来到阿勒颇。阿芙拉想念大海，只要见

---

1 叙利亚城市，阿勒颇省首府，有近4000年历史。——译者注。全书页下注均为译者注，特此说明，以下不再一一标注。

到水，她便将它付诸笔端。叙利亚贫瘠的高原遍布绿洲与汇入沼泽、小湖的小溪和河流。萨米出生前，我们常常逐水而游，她用油彩记录沿途的风景。我真想再见一见那幅画和画中的凯科河。她画笔下的河犹如公园里肆虐、湍急的雨水。阿芙拉常常这样，在风景中看真相。那幅画和画中不起眼的小河将一幕幕挣扎求生的往事呈现在我的眼前。那条河敌不过叙利亚干涸的草原，只好作罢，消失在阿勒颇以南三十来公里的莽莽沼泽中。

　　我不敢看她的眼睛。潮湿的四壁，房顶的电线，门外的告示牌——如果她看得见，我不知道她如何应付这一切。门外的告示牌上写道我们人太多，这个孤岛承载不了我们的分量。幸好她看不见。我知道这句话的分量！如果我能给她一把钥匙，打开通往另一个世界的门，我希望她失而复明。但那必须是一个截然不同的世界：旭日初升，朝晖洒满古城家家户户的墙壁；墙壁外，有密如蜂巢的房屋、宅院、公寓、旅馆，狭窄的小巷和露天集市；集市上挂着一条条第一缕阳光下闪闪发光的项链；向沙漠望去，远处的天边金光闪闪，红彤彤的。

　　萨米也在那里，他手里捏着零钱，脚穿那双磨破的球鞋，笑嘻嘻地沿着小巷跑去商店买牛奶。我尽量不去想萨米，但穆罕默德呢？我还指望他能发现压在那罐能多益巧克力酱下的信和钱呢。我常常梦想着：一天早晨，门外传来敲门声，我打开门，看见他站在门口，我问："你是怎么来的，穆罕默德？你是怎么找过来的？"

　　我昨天在公共卫生间那面蒙了一层水汽的镜子中见过一个少年。他穿一件黑色T恤。我转身，却发现原来是那个摩洛哥人，他坐在马桶上撒尿。"你应该把门锁上。"他操着一口家乡口音的阿拉伯语嗔怪道。

我想不起他的名字，但我知道他的家在塔扎[1]郊外里夫山脚下的一个小山村。他昨晚告诉我，他可能要被送往亚尔斯伍德的一个移民事务中心。社工认为那里才有大家需要的机会。今天下午轮到我去见她。摩洛哥人说她非常漂亮，像在拉巴特一家旅馆和他共度过良宵的一个巴黎来的舞女。那是他娶妻生子以前的风流韵事。他问起我在叙利亚的生活，我对他说了我在阿勒颇的蜂房。

每到傍晚时分，老板娘都会为我们端来奶茶。摩洛哥人年事已高，也许八十岁了，甚或九十。他的相貌和体味无不让人联想到皮革。他在看《怎样做一名英国人》，时不时地暗自发笑。他腿上放着手机，每看完一页，他都要低头看一眼，可惜无人来电、来信息。我不知道他在等什么人，也想不通他怎么来的这里，更想不通他何苦要在垂暮之年踏上这段路程，因为他像一个快要入土的人。他看不惯非穆斯林男人站着撒尿。

这栋临海而建的破败的客栈住了我们十来个人，大家来自不同的国家，我们都在等。英国也许愿意收留我们，也许会打发我们走，可我们无处可去。何去何从，信得过谁，还是再次举起大棒杀一个人。这都是往事。大家很快就会消失得无影无踪，就像那条河。

我从衣橱的衣架上取下阿芙拉的长袍。她听见了，起身抬起胳膊。她现在苍老了许多，但动作灵活，好像活成了一个孩子。为了照相，掩饰阿拉伯人的特征，她的头发染成了沙子的颜色和质地。我将她的头发绾成髻，裹上头巾，用发夹固定。像往常一

---

1 摩洛哥城市。

样，她指引我的手指。

社工要到下午一点才过来，会面都是在厨房进行。她希望了解我们如何到的这里，找到遣送我们的理由。但我心里有数，只要我说得滴水不漏，只要能让她相信我没杀过人，我们就能留下来，因为我们是幸运的，因为我们来自人间地狱。那位摩洛哥人就不那么走运了，他还有许多事项有待证明。他靠玻璃门坐在客厅里，双手捧着一块青铜壳怀表，就好像托着一枚种蛋。他目不转睛地盯着怀表，等着。不知他等什么。他抬头，看见站在眼前的我，说："表坏了，你知道。随时停摆。"他捻着表链，迎着阳光轻轻地晃动，这块不走时的怀表……

青铜

……和山下的城市恍若一色。我们住在山上一座有两间卧室的平房。从客厅可以俯瞰杂乱无章的房屋、漂亮的圆顶和尖塔，也可以窥见远处的阿勒颇卫城。

春日里，坐在阳台上，怡然自得，闻着微风送来沙漠泥土的气息，看红日西垂大地。到了夏天，我们手摇一柄扇子，头上搭一块湿毛巾，脚泡在一盆凉水里，因为家里热得像火炉。

到了七月，大地干涸，然而我们家的花园里杏树和扁桃树成荫，郁金香、蝴蝶花和豹纹蝴蝶花遍开。河水断流的日子，我常常下山去蓄水池取水浇花浇树，让花园充满生机。到了八月，天气热得尸体都扛不住，恨不得爬起来。我眼睁睁看着花草枯萎，化作泥土，融入大地。每逢天气凉爽的日子，我们都会出去散步，看苍鹰划过天空，飞向茫茫大漠。

我在花园里养了四箱蜜蜂，摞成一摞，其余的都放在阿勒颇东郊的养蜂场。我离不开蜜蜂。一早醒来，不等太阳升起，祷告时间报告人呼唤大家祈祷，我便驱车三十英里[1]赶到养蜂场。这时候，旭日东升，阳光洒满大地，嗡嗡叫的蜜蜂唱响一支欢歌。

蜜蜂是一个理想的社会，混乱喧嚣的世界里一方小小的乐园。工蜂为了找食，不辞辛苦，愿意去最远的地方，从柠檬花、苜蓿花、黑种草籽、大茴香子、桉树、棉花、荆棘和石楠丛中采集花蜜。我照料它们，呵护它们，防着害虫、老鼠和病害侵扰蜂房。我建新蜂房，分蜂群，培育蜂后——我从一个蜂群移出蜂蛹，观察哺育蜂用蜂王浆喂养它们。

到了收获季节，我检查蜂箱，看蜜蜂产了多少蜜，然后将蜂房放进分离机。蜂蜜装满小桶，我撇去浮渣，收获下面金色的蜂蜜。保护蜜蜂，养出健康、健壮的蜜蜂是我的职责，而它们的职责是酿蜜，为养育我们的大地传花授粉。

领我入养蜂这一行的是我的表兄穆斯塔法。他祖父和父亲两代人都在外黎巴嫩山脉以西绿草如茵的山谷中养蜂。穆斯塔法是一个童心未泯的天才。他发愤读书，成了大马士革大学的一位教授，专注研究蜂蜜的成分。他常年来往于大马士革和阿勒颇，所以他希望我去管理养蜂场。他教会了我观察蜜蜂的习性，管理蜜蜂的技能。本地蜜蜂脾气暴，爱攻击人，他教会了我了解蜜蜂的脾气。

每逢大学放暑假的几个月，穆斯塔法都要来阿勒颇，和我一起全职侍弄蜜蜂。我们俩辛苦工作，日子久了，我们的思维、饮食无不像蜜蜂！我们吃兑了蜂蜜的花粉解暑，以此度过炎炎夏日。

刚从事这一行时，我才二十出头，蜂箱当时是糊了一层泥的

---

1 英制长度单位，1英里≈1.6千米。

草木。后来，我们用木箱取代栓皮栎树干和红陶蜂房，蜂群不久便过了五百！一年至少产十吨蜂蜜。无数的蜜蜂让我觉得自己活着。一离开它们，就如一场盛大宴会曲终人散。几年后，穆斯塔法在新城区开了一爿小店，除了蜂蜜，还卖蜂蜜类化妆品，香味甜美的面霜、香皂和美发产品，其原材料都来自我们的蜜蜂。他为女儿开了这爿店。尽管她当时年纪还小，但她认定，等她长大了，要和爸爸一样学农学。所以穆斯塔法为这爿店取名"阿雅的乐园"，答应她只要努力学习，这爿店到时候就归她。她喜欢进店闻闻香皂，往手上抹一层雪花膏。她聪明伶俐，是一个早慧的小姑娘，记得她曾经说过这样一句话："如果没有人，世界应该像这个芬芳扑鼻的小店。"

穆斯塔法不喜欢过安逸、清净的生活。他喜欢多学多做。我从没在别人身上见过这种品质。无论我们生意做到多大，甚至招徕了欧洲、亚洲和海湾国家的大客户的日子，照料蜜蜂的依然是我，他信赖的人依然是我。他说我有大多数人缺乏的敏感，我懂蜜蜂的语言和特性。他没看走眼。我听得懂蜜蜂的语言，我和它们说话，好像它们是一个有血有肉、通人性的整体。因为，你是知道的，蜜蜂齐心协力，一起工作。即使到了夏末，工蜂杀死雄蜂以便保存食物资源，它们依然始终如一地工作。它们以舞蹈互相交流。我用了好些年才了解它们，了解之后，我眼中、耳中的世界随即呈现出另一番模样。

寒来暑往，沙漠渐渐扩张，气候日渐恶劣，河流渐渐干涸，农民苦苦求生，唯独蜜蜂耐旱。"你瞧瞧这些小勇士。"每逢阿芙拉胳膊上挽着一个小包袱，带萨米来养蜂场，她都会这样说。"瞧瞧它们依然忙碌，而其他的一切已经枯萎！"阿芙拉害怕沙尘和干旱，所以见天儿祈雨。沙尘暴来临，从我们家阳台可见小城上空的天转成紫色，云层深处随后传来一声凄厉的呼啸，阿芙拉便忙不迭地关上门，闩上窗户和百叶窗。

＊＊＊

每逢星期六，我们都要去穆斯塔法家小聚。达哈卜和穆斯塔法一起做饭，每一样食材、每一样调料，穆斯塔法都不厌其烦地用天平称，好像一个微不足道的失误都会坏了整道菜的口味。达哈卜身材高挑，差不多和丈夫一样高，她常常站在一旁摇头，就好像她每次对付菲拉斯和阿雅。"快些，"她会说，"你别磨磨叽叽的！照这样下去，这顿饭下个星期六都未必吃得上。"他一边做饭一边哼着小曲，每隔二十来分钟便放下手中的勺，到院子里那棵花团锦簇的树下叼着烟斗，抽一支烟。

我也过去陪他。然而每到这时候，他都一声不吭，眼睛在厨房热得发亮，心思却在别处。

穆斯塔法先我一步做了最坏的打算，他脸上的一条条皱纹无不写着他的担忧。

他们家住在公寓的一楼，院子被三面相邻的大楼环绕，所以一向凉爽，不见阳光。只语片言、音乐和电视机轻轻的低语从楼上的阳台滚落而下。院子里的葡萄藤挂满了沉甸甸的硕果，一架茉莉爬满了一面墙，另一面靠墙的架子上摆满了空瓶、空罐和一片片蜜蜂窝。

一张安放在柠檬树下的金属圆桌占据了大半个院子，沿院墙放着一溜儿喂鸟器，开了一小块供穆斯塔法种草药的小菜地。由于阳光不足，药材多半长势不好。我看表兄用拇指和食指捻了一朵柠檬花，送到鼻下。

周末傍晚安静的时光，他思绪万千，陷入沉思。他脑子从来不休息，一直在想事情。"你想过换一种生活的日子吗？"一个这样的傍晚，他问我。

"此话怎讲？"

"我有时候不敢想另一种日子。如果我在别处的一间办公室工作是怎样一种生活？如果你听从了你父亲的话，最后进了他的布店，又是怎样一番情景？我们应该知足，感谢上苍。"

我没搭腔。虽然我很可能顺理成章地过上一种截然不同的生活，但穆斯塔法不可能坐办公室。不会，不知他哪儿来的担忧，好像他担心一失尽失，仿佛将来的自己对着他耳朵低语。

最叫穆斯塔法恼火的是，儿子一刻不离电脑，不愿搭把手。"菲拉斯！"穆斯塔法在返回厨房的路上喊道，"你再不起来，屁股都粘在椅子上了！"菲拉斯穿着T恤和短裤，偏偏不离客厅的那张柳条椅。菲拉斯十二岁，是一个瘦瘦高高的男孩，留一头长发，对父亲的话，常常一笑置之。那一刻，他就好像一条萨路基猎狗，沙漠中常见的那种猎狗。

阿雅仅比弟弟年长一岁，她牵着萨米的小手，过来摆餐桌。萨米当时才三岁，像个小大人一样屁颠屁颠地跑腿。她塞给他一个空盘或空杯让他端着，让他觉得自己派上了用处。阿雅留一头和她妈妈一样长的金发，她只要一弯腰，萨米就会扯她的发卷，咯咯咯地笑着看它弹回去。随后，我们大家都动手，连菲拉斯都被穆斯塔法拽着细细的胳膊，从椅子上拽起来帮忙。我们将热气腾腾的盘碟、色彩鲜艳的色拉、浇汁和面包端上院子里的餐桌。我们吃的一般是红扁豆和茴香甘薯汤、牛肉串和绿皮南瓜汁、洋蓟心塞肉、炖青豆、撒上碎小麦粒的西芹色拉、松子菠菜和石榴等。饭毕，上的是果仁蜜馅点心、浇了糖浆的油炸面球，以及阿芙拉提前做好的用罐封存的杏子蜜饯。菲拉斯手机依旧不离手，穆斯塔法从他手中夺过手机，放进一只空蜜罐。不过，他从不对儿子动真格，那是父子俩的一种默契，即使两个人起了争执。

"你什么时候还我？"菲拉斯问。

"等到沙漠下大雪的那一天。"

可咖啡刚端上桌，手机便出了蜜罐，回到了菲拉斯的手里。"菲拉斯，下回我放的可不是空罐了！"

做饭、吃饭是穆斯塔法最开心的事。天色向晚，太阳落山，夜来香花香袭人，特别是闷热的夜晚，他常常拉着脸，我知道他在想心事。寂静、漆黑的夜色中，仿佛又听到了今后的种种传闻。

"怎么了，穆斯塔法？"我问。一天傍晚，达哈卜和阿芙拉撤走碗碟，放进洗碗机。被达哈卜爽朗的笑声惊起的鸟儿掠过大楼，钻进了夜空。"你最近好像变了个人似的。"

"政局日趋恶化。"他说。我知道他说得没错，可我们俩都避而不谈这个话题。他碾灭了香烟，抬手用手背揉了揉眼睛。

"情况不太妙。大家都有数，不是吗？可我们却尽量和从前一样过日子。"他往嘴里塞了一个炸面球，好像为了证明此言非虚。现在时值六月下旬，三月因大马士革示威爆发内战，骚乱和暴乱席卷叙利亚。听到这里，我垂下眼，他也许看出了我脸上的担忧，等我抬头看去，他笑了。

"以后再说吧。我们先为阿雅设计几个配方吧？我有一个主意——薰衣草配桉树蜜！"一想到香皂新产品，他眼睛顿时来了精神，喊阿雅把笔记本电脑拿出来，父女俩一道计算准确的成分。阿雅当时才十四岁，穆斯塔法却执意要做她的老师。阿雅陪萨米玩得正欢——这孩子真喜欢她！他寸步不愿离开阿雅，一双灰色的大眼睛盯着她不放。那双眼睛遗传了他妈妈，青灰色，也就是新生婴儿眼睛转褐色之前的颜色，只不过他的眼睛没转，也没变得更蓝。萨米拽着阿雅的裙摆，寸步不离地跟着阿雅。她常常抱起他，高高地举起，带他看喂鸟器中啄食的小鸟，翻墙或匆匆爬过水泥天井的蜥蜴和昆虫。

每一种配方，穆斯塔法和阿雅都要仔细斟酌色泽、酸碱度和每一种蜂蜜的矿物质。用他的话说，要配出效果最佳的配方。父女俩随后计算糖的浓度、细度、吸湿性、防腐性能。我在一旁提建议，他们常常报以亲切的一笑，虚心采纳。像蜜蜂那样工作，是穆斯塔法的主意。他出点子和智慧，我负责实施。

这样的傍晚，杏花和夜来香飘香，菲拉斯寸步不离电脑，阿雅搂着咬着她头发的萨米坐在一旁，厨房传来阿芙拉和达哈卜开心的笑声。这样的夜晚，我们依然其乐融融。生活尚且正常，我们忘了心中的疑问，或者说至少将其深藏心底，憧憬着未来。

政局刚出现动荡，达哈卜和阿雅就远走他乡。穆斯塔法动之以情晓之以理，让她们先走，不要管他。随着他的担忧得到印证，他立刻着手安排，但他要待些时日照看、处理蜜蜂。我当时觉得他太草率了。母亲去世时，他尚未成年——我认识他时，母亲的去世便在他心头挥之不去——这使得他平生过分宠爱女人。结果达哈卜和阿雅是第一批离开的乡邻，侥幸逃脱战乱。穆斯塔法在英国有一位朋友，是几年前因工作搬去的社会学教授。他打电话催穆斯塔法前往英国，他深信局势将会恶化。穆斯塔法给足了妻子和女儿此行的盘缠，自己和菲拉斯留在叙利亚。

"我舍不得蜜蜂，努里。"一天夜里，他抬起大手抹了一把脸和胡子，好像要抹去近来挂在脸上的忧郁，"蜜蜂就好像我们的家人。"

局势一发不可收拾之前，穆斯塔法经常晚上带菲拉斯到我们家小聚，两家人坐在阳台上，俯瞰下方的城市，听远处隆隆的炮声，看冲天的硝烟。后来局势恶化，我们开始讨论两家人一起走。在昏暗的傍晚，我们围着我那台内照明地球仪，他手指着达哈卜和阿雅走的路线。对她们来说，尚且容易。穆斯塔法皮夹里保存了厚厚一摞各路蛇头[1]的姓名和电话号码。我们翻遍了各种书籍，检查积蓄，计算逃亡需要的费用。当然，这种事说不准，蛇头漫天要价，但我们早做了安排，穆斯塔法喜欢早做计划、列明行程。

这让我们安心。但我知道，这无非是纸上谈兵罢了。穆斯塔法仍然丢不下蜜蜂。

夏末的一个夜晚，一伙暴徒捣毁了蜂房，临走又放了一把火。等我们一早赶到养蜂场，蜂房已化作灰烬，蜜蜂死于非命，养蜂场成了一片焦土。我一辈子都忘不了那种寂静，深沉、无边的寂静。田野上空少了遮天蔽日的蜜蜂，眼前是死气沉沉的阳光和天空。那一刻，我站在田边，阳光斜着掠过被捣毁的蜂房，我心里空落落的，每一次呼吸，空虚都仿佛渗透了我的肺腑。穆斯塔法闭着眼睛，盘腿坐在地中间。我在地上到处找死里逃生的蜜蜂，将它们踩死，因为失去了蜂群，它们无处栖身。大部分蜂房被捣毁，为数不多的几个残骸上的编号依稀可辨：十二、二十一、一百二十一——蜂群的祖辈、母辈和子辈。我记得清清楚楚，因为是我亲手分的蜂群。三代蜜蜂如今荡然无存。我回到家，将萨米送上床，掖好被子，坐在床头看着他入睡，随后走上

---

1 专门组织非法偷渡，从中谋财的人。

阳台，看向阴沉的天空和下方夜幕笼罩的城市。

凯科河绕山脚而过。我上次见这条河，河里漂满了垃圾。大冬天的，捞出了许多具男人和孩子的尸体，都是被缚住手，被一枪爆头。那个冬日，我在布斯坦卡瑟区南郊见他们捞出尸体，跟他们去了一所破旧的学校，尸体被摆在院子里。校舍阴暗，一个沙桶里点了一支蜡烛。一名中年妇女跪在一个装满水的桶边，她说要擦洗死者的脸，方便他们的母亲、姐妹或妻子前来认尸。如果我是那些被抛下河的尸体之一，阿芙拉一定会翻山越岭来找我。她会潜到河底，不过那得在他们害她双目失明之前。

阿芙拉在战前和战后判若两人。她以前总是捅娄子，就说烤面包吧，她常常弄得到处都是面粉，连萨米也不例外，成了一个面粉人。她画画也不消停，要是萨米也跟着一起画，更加惨不忍睹。娘儿俩举着蘸透油彩的刷子，在家里乱舞一气。即使说话，她也毫无章法，东一句西一句，发现不对，匆忙改口，又抛出另一个话题。她常常话说一半就没了下文。她笑起来，声音震得房子都在晃。

可只要她一发愁，我的世界就仿佛布满了阴云。我身不由己。她比我强势。她哭起来像个孩子，笑声好像银铃，她的微笑是我平生见过的最美的微笑。斗起嘴来，她能一连说几小时不住嘴。阿芙拉爱憎分明，她爱这个世界，把它当作一朵玫瑰。我爱她胜过爱自己的生命。

她笔下的作品令人叫绝，她描绘叙利亚乡村、城市的画作得过各种奖项。每逢星期天，我们一早赶到集市，在卖香料和茶叶的哈米德家对面支一个画摊。这一块露天市场有顶棚，光线昏暗，空气混浊，弥漫着小豆蔻、桂皮、八角等各种香味。虽然光线昏暗，她笔下的风景却不呆板僵硬。画中的风景呼之欲出，天空流云飞鸟，河水潺潺。

你没见过她和来画摊的顾客打交道的那副派头，顾客主要是从欧洲或亚洲来的生意人。每逢这种时候，她都将萨米抱在膝头，坐在那儿看顾客凑近一幅画。如果戴眼镜的话，他们常常推推眼镜，再退后几步，退得远远的，常常撞到哈米德家的顾客，然后一动不动地伫立许久。顾客常问的一句话是："您就是阿芙拉？"她答道："对呀，我就是阿芙拉。"这句话足矣。画作成交。

她心中装着整个世界，顾客看得出。那一刻，他们盯着画作，又转眼盯着她，随即明白了她的为人、她的心、她的心思。阿芙拉的心灵仿佛她笔下广阔、神秘的原野、沙漠、天空和河流。始终有许多东西有待了解、领悟。就我所知，这还不够，我需要了解、领悟的太多。叙利亚一句谚语说得好：你认识的人中，还有一个人你不了解。堂兄易卜拉欣的长子婚礼那天，我在大马士革黛玛玫瑰宾馆和她一见钟情。她头戴绸缎头巾，一袭黄色的长裙。她的眼睛不是海水的湛蓝，也不是天空的碧蓝，而是凯科河水的墨蓝，泛着一圈圈褐绿的涟漪。

我记得两年后，在我们婚礼的那个晚上，她要我摘下她的头巾。我轻轻地，一个一个地取下发夹，解开头巾，第一次看见她一头长长的黑发，黑得仿佛沙漠上空不见繁星的夜空。

但我最喜欢的还是她的笑。她笑起来，就好像我们可以永生不死。

蜜蜂死了，穆斯塔法对阿勒颇了无牵挂。正要动身的时候，菲拉斯却不辞而别，我们只好等他。这段时间穆斯塔法心事重重，基本上不说话。他心乱如麻，不时没头没脑地提一句菲拉斯的下落。"说不定他去找朋友了，努里。"要不就是："他也许舍不得离开阿勒颇——他藏起来，也许是想留住我们吧。"有一次，又说："他也许死了，努里。我儿子也许不在人世了。"

我们收拾好行李，下定了决心，可过了不知道多少个日夜，还是得不到菲拉斯一星半点的消息。于是，穆斯塔法去了设在一栋废弃建筑中的停尸所，帮忙登记详细情况和死因——枪杀、流弹或爆炸。我难得见他守在一处，足不出户。他拿一根铅笔头和一本厚厚的黑封皮台账，不分昼夜地登记死者的细节。如果发现身份证，他的差事就容易得多；其余时候，他记录显著的特征，比如发色和眼睛的颜色，鼻子的形状，左颊有颗痣。这份差事，穆斯塔法一直做到我从那条河带回他儿子尸体的那个冬日。我请两个人开车帮我把尸体送到停尸所。穆斯塔法一看见菲拉斯，立刻要我们把他放在一张桌子上，然后合上儿子的眼睛，捧着他的手，默默地站了许久许久。我站在门口，目送那两个人出门，发动引擎，开车离去。随后归于平静，静得出奇，阳光从那孩子躺的桌子上方的窗户穿窗而入，照着捧着他的手的穆斯塔法。周围鸦雀无声，听不见一声炮弹、一只鸟叫或呼吸声。

穆斯塔法离开桌子，戴上眼镜，拿小刀一下一下地仔细削着铅笔头，然后又坐回桌子前，翻开那本黑封皮台账写道：

姓名：我帅气的儿子；
死因：这个支离破碎的世界。

这是穆斯塔法最后一次记录死者的姓名。
一个星期后，萨米丧生。

-2-

社工自称露西·菲舍尔，是为我们提供援助的，我一口流利的英语给她留下了好感。我介绍了我在叙利亚的工作，蜜蜂和蜂群，但我看得出，她没认真听。她心无旁骛地翻看面前的文件。

阿芙拉连脸都没转向她。如果你不知道她失明的话，还以为她看着窗外。今天隐约有些阳光，映着她的虹膜，仿佛两汪碧水。她扣着的双手放在餐桌上，嘴唇紧闭。她懂一点英语，日常的交流不成问题，但除了我，她从不愿开口。我听她唯一用英语交谈过的人是安吉丽姬。安吉丽姬胸口溢奶。不知她是否离开了那片树林。

"膳宿还好吧，易卜拉欣先生和太太？"露西·菲舍尔戴着银框眼镜的蓝色大眼睛看着文件，仿佛上面有她问题的答案。我伸着脖子去看摩洛哥人说的内容。

她抬头看着我，她的脸顿时让人倍感亲切。

"比起别的地方，"我说，"我觉得这里非常干净安全。"我没告诉她别的地方是什么地方，肯定也不会说我们房间里的老鼠和蟑螂。我怕让人家觉得我们不识好歹。

　　她不多问，但说一位移民官员很快就要接见我们。她推了推鼻梁上的眼镜，以软糯、清晰的嗓音要我放心，一旦他们收到证明我们要求避难的文件，阿芙拉就能去医院看眼睛。她瞥了一眼阿芙拉，我注意到露西·菲舍尔一样扣着双手，放在身前。我觉得有一种我说不出的蹊跷。她随后递给我一叠文件，是内政部寄来的包裹：有关避难申请的信息、避难资格、甄别说明、面试步骤和注意事项。我大致浏览了一遍，她看着我，耐心地等着。

　　要以难民身份留在英国，你必须在你自己的国家内无处安身，因为你担心在那里遭到迫害。

　　"无处安身？"我问，"你们不是要遣送我们回国内的另一个地方吧？"

　　她皱着眉头，扯着一缕发绺儿，抿着嘴唇，好像吃了辣。

　　"你们现在要做的，"她说，"是把你们的经历说得清楚明白。你们考虑考虑要对移民官员说的话吧。务必要清楚明白，有条有理，简单明了。"

　　"你们不会把我们遣送到土耳其或希腊吧？您说的迫害怎么解释？"我忍不住提高了嗓门，胳膊抽搐。我揉着紧绷、粗而鲜红的刀疤，想起了刀口。露西·菲舍尔的脸模糊了，我的手不住地哆嗦。我解开领口，竭力想稳住哆嗦的手。

　　"这地方天气热不热？"我没话找话。

　　她说了一句，我没听清，只看见她的嘴唇在动。她站了起来，阿芙拉在我身边的椅子上局促不安地扭动着。一阵流水声，仿佛一条奔腾的河流。可我看见的是一点火星，仿佛锋利的刀口。露西·菲舍尔拧上水龙头，走向我，将杯子放在我的手上，把我当孩子一样，托着我的手送到我的嘴边。我喝了水，一饮而尽。她坐了下来。我看清了她，她好像吓坏了。阿芙拉将手搁在我的腿上。

天空绽开了一道道裂缝，下起了雨，大雨如注。不亚于雨水和海水肆虐的莱罗斯岛[1]。我发现她在说话，雨中听见她的嗓音，我听到了敌人这个字眼，她盯着我，皱着眉头，白皙的脸颊绯红。

"你刚才是说？"我说。

"我说我们过来，是尽我们所能帮助你们。"

"我好像听到了敌人这个字眼。"我说。

她挺起胸，噘着嘴，又瞥了一眼阿芙拉，脸上和眼睛中突然出现一丝愠怒。我明白了摩洛哥人说的话。不过她气恼的不是我，她没有看我。

"我是说我不是你们的敌人。"她的声音充满了歉意，她不该说这话。这个字眼脱口而出，她做不了主，从她扯着发绺儿的窘态我就看得出。这句话在房间里回荡，经久不息，即使她收拾好文件，即使她和阿芙拉搭话。阿芙拉对她轻轻地点了点头，感谢她的到来。

"祝你顺利，易卜拉欣先生。"她说着，起身出门。

我真想知道什么人和我作对。

过后，我出门进了铺了水泥地的花园，在树下的椅子上坐下来。我想起嗡嗡的蜜蜂，那声音令人安心、悠闲。我仿佛闻到了蜂蜜、柠檬花、大茴香子，突然，呛人的粉尘味取而代之。

---

1 在今爱琴海佐泽卡尼索斯群岛中，近土耳其西南海岸，属希腊。

我听到了蜜蜂叫。不是养蜂场成千上万只蜜蜂飞舞的嗡嗡声，而是一个孤单的嗡嗡声。原来是我脚边的地上歇着一只蜜蜂。我凑近去看，发现它没翅膀。我伸出手，它爬上我的手指，慢慢地爬上我的手掌——原来是一只土蜂，胖胖的，毛茸茸的，仿佛披了一身软软的毛；身上有黄黑相间的宽条纹，身下掖着一条长长的口器。它翻上我的手背，我带它进了客厅，在扶手椅上坐下，看它伏在我的掌心，准备休息。客厅里摆着老板娘端来的奶茶。这里今晚好不忙碌。大多数女人已经就寝，还没休息的一个女人说一口波斯语，小声对身边的一名男子说着什么。看她随意包着头发的头巾，我猜她可能是阿富汗人。

摩洛哥人吧嗒吧嗒地喝着茶，好像那是琼浆玉露，每喝一口，都要咂一咂嘴。他时不时翻看一下手机，然后合上书，好像那是孩子的小脑袋，用手掌轻轻地拍着。

"你手上是什么呀？"他问。

我伸过手让他看那只蜜蜂。"它没翅膀，"我说，"可能感染了翅膀致畸病毒。"

"对了，"他说，"摩洛哥有一条蜂蜜街。世界各地的人都赶来品尝我们的蜂蜜。阿加迪尔[1]有瀑布、山、漫山遍野的花，吸引了八方来客和蜜蜂。我想知道这些英国的蜜蜂是什么样。"他欠身凑过来要看个清楚，他举起手，好像当它是一只小狗，要用手指拍拍它，可随后又改变了主意。"它蜇人吗？"他问。

"蜇人的。"

他的手又放回了腿上。"你捉它做什么？"

"我也没什么用，我会放它回去。它这样活不长——它没翅

---
1 摩洛哥西南部大西洋港口。

膀，是被蜂群撵出蜂巢的。"

他望着玻璃门外的院子。这是一方铺了水泥地的院子，中间镶有石板，还种了一棵樱桃树。

我起身走过去，脸贴着玻璃。这时候已是晚上九点，太阳西沉，黑漆漆的、高大的樱桃树伫立在晚霞染红的天空下。

"现在是大晴天，"我说，"但不出多久就要下雨了，蜜蜂下雨不出来。下雨的时候，蜜蜂从来不出巢，这里十有八九要下雨。"

"英国的蜜蜂可能不一样。"他说。我转身看去，发现他在笑。我讨厌他拿我寻开心。

一个男人在楼下的浴室上厕所。尿撒在便池里，响如瀑布。

"不成体统的外国人。"摩洛哥人说着，起身去上床。"没见过人站着小便的。要坐下来！"

我推门进了院子，将蜜蜂放在紧挨篱笆的一朵石楠花上。

客厅一角放着一台联网的电脑。我在电脑桌前坐下来，想看看穆斯塔法有没有给我发邮件。他先我一步离开叙利亚，途中一直互通电子邮件。他在英格兰北部的约克郡等我。他的文字令我动容，至今难忘。**有蜜蜂的地方就有花，有花的地方就有新生活和希望。**我来英国是因为穆斯塔法。因为他，我和阿芙拉才不远万里来到联合王国。可我现在只能呆呆地看着我映在屏幕上的脸。我不愿穆斯塔法知道我的窘迫。我们终于到了同一个国家，可要是相见，他见到的会是一个落魄的人。他怕是认不出我了。我别过脸，不去看屏幕。

我等到人都散去，等到说外国话、一副陌生做派的住户都出了屋子，唯有远处隐约传来车声。我脑海中浮现出一个黄蜜蜂飞来飞去的蜂箱，蜜蜂飞离蜂箱，飞上天空，外出找花采蜜。我竭力想象那边的原野、公路、路灯和大海。

花园里的感应灯突然亮了。从我坐的那把朝门的扶手椅，可以看见一个小黑影飞快地穿过天井，看模样是一只狐狸。我起身追过去看个究竟，灯却灭了。我脸贴着玻璃，那身影比狐狸大，直立着。它走向前，灯又亮了。原来是一个背对着我的男孩。他从篱笆缝看向对面的天井。我使劲地敲着玻璃，他却不转身。我在门帘后的一个钉子上找到了钥匙。我走上前，男孩转过身，好像等着我一样，一双乌黑的眼睛好像要探寻世间一切问题的答案。

"穆罕默德。"我小声说，生怕吓跑了他。

"努里叔叔，"他说，"你看那个园子——满眼是绿。"

他闪在一旁，让我看个清楚。天黑漆漆的，我看不见一片绿叶和小草，眼前只有婆娑的灌木和树影。

"你是怎么找到我的？"我问。可他不搭话。我还是小心为妙，便说："进屋吧。"他盘腿坐在水泥地上，又扒着篱笆上的洞看去。我挨着他坐了下来。

"这里是海滨。"他说。

"我知道。"

"我不喜欢大海。"他说。

"我知道，我记着呢。"他手里拿着一样东西。白白的，散发着柠檬的清香，可这里没有柠檬。

"那是什么？"我问。

"花。"

"你哪儿采的？"我摊开手掌，他将花放在我的掌心，说是从柠檬树上摘的，在……

阿勒颇

……已沦为废墟，可阿芙拉不愿走。阿勒颇现在人走一空，连穆斯塔法都迫不及待地要走。阿芙拉却不然。那条河是去穆斯塔法家的必经之路，我经常逛下山去看他。路不远，可沿途埋伏着狙击手，我必须小心谨慎。鸟儿照例在欢唱。鸟儿的歌喉从来不变，穆斯塔法多少年前就说过。炮声一停歇，鸟儿就飞出来，站在残桩断树、弹坑口、铁丝网和残垣断壁上欢唱。唱着歌高高飞上炮火、硝烟不染的天空。

还没到穆斯塔法家，我就远远听见轻轻的乐曲。他的家被炮弹炸得几近废墟。他经常坐在床上，一台旧录音机放着磁带，他叼着烟嘴，偶尔吸一口，头顶烟雾缭绕，一只呼噜呼噜叫的猫挨着他趴在床上。可我今天去，穆斯塔法不在家。猫蜷着尾巴，卧在他原来坐的地方。床头柜上放着我们开业那年的一张合影。我们眯着眼睛对着太阳，穆斯塔法少说比我高一英尺[1]，我们身后是养蜂场。我们周围蜜蜂飞舞，可惜照片中看不见。照片下压着一

---

1 英制长度单位，1英尺=30.48厘米。

封信。

亲爱的努里：

　　我常常以为，只要我不停歇，一直走下去，就能找到些许光明，可我知道，即使走到世界尽头，依然会是一片漆黑。这种黑不同于夜晚，夜晚尚且有点点星光或皎洁的明月，这种黑暗渗透到了我的心里，无关外面的世界。

　　我儿子躺在那张桌子上的画面如今刻进了我的脑海，无论如何都不能忘却。每次一闭上眼睛，我都能看见他。

　　感谢你每天过来陪我到园子里小坐。要是能采几朵花，放在他的坟头该有多好。我脑海中时常浮现出他坐在桌前吃拉赫马。另一只手擤完鼻涕，在短裤上蹭蹭。我叫他别学他老爸，他却说："你是我爸呀！"说完哈哈大笑。那开怀的笑声，仿佛回荡在我的耳畔。笑声在旷野回荡，随鸟儿消失在远方。这也许就是他的灵魂，现在自由了。真主保佑我长寿，可如果死了好，那就让我死了吧。

　　昨天我去河边散步，亲眼看见四个兵让一群孩子排成一排，蒙上眼睛，一个一个枪毙，然后将尸体抛下河。我远远地看着这一幕，想象菲拉斯也在他们中间，他内心的恐惧。他知道自己必死无疑，但除了枪响，什么都看不见。但愿他是第一个死的。我没承想竟然有这种愿望。我也闭上眼睛听，两声枪响之间，尸体砰然倒地。我听见一个孩子号啕大哭，他在喊爸爸。别的孩子却一声不吭，应该是吓得发不出声。一群人中少不了一个胆识过人的人。喊出来，吐出积压在你心头的郁闷也需要勇气。他随后被歇了声。我手上提了一杆步枪，是上个星期在街头捡的，装了三颗子弹。我有三发子弹，对方是四个人。我等到他们放松警惕，

27

等到他们坐在河边，脚泡在刚才扔尸体的水里抽烟。

我的枪法很准，一枪爆头，一枪打中肚子，第三枪正中心窝。第四个家伙站着举起手，等发现我一颗子弹也不剩，他便去摸枪，我拔腿就跑。他看见了我的脸，肯定会来找我。我只好今晚就走。我一定要去找达哈卜和阿雅。我不该等这么久才走，可我不愿一个人走，把你们丢在人间地狱。

我来不及和你道别。但你一定要说服阿芙拉离开这地方。你为人厚道，心肠太软；和蜜蜂相处，这是一种令人钦佩的品德，但现在不行。我要想办法去英国，去和我的妻子、女儿团聚。走吧，努里，这里不再是家园。阿勒颇犹如一具亲人的尸体，失去了生命和灵魂，只剩下腐烂的血肉。

我记得你第一次到我父亲山里的养蜂场，你站在那里，没戴防护罩，蜜蜂环绕，你手捂着眼睛，告诉我："穆斯塔法，这才是我想来的地方。"尽管你知道你父亲不赞成。请你记住，努里，记住你当时的优点。带上阿芙拉来找我。

穆斯塔法

我坐在床沿，放声痛哭，像个孩子泣不成声。从那天起，那张照片和信一直揣在我的口袋里，不离身。可阿芙拉不愿走，我只好每天出门去废墟中找食物，给她带一件小礼物。我找到了许多零碎的物品，破了的或完好的生活用品：一只童鞋、一只狗项圈、一部手机、一只手套、一把钥匙。找到一把无门可开的钥匙，着实耐人寻味。你不妨这样想，连陌生人都来找一只穿不上、戴不了的鞋或手套。

礼物令人伤怀、压抑。但我都给了她，放在她的膝头，等着她迟迟不出现的反应。我不愿放弃。礼物可以让她暂时忘却心头的伤痛。我每天出门找一样新礼物。有一天，我找到了一件最好的礼物：一个石榴。

"你看见什么了？"她问站在门口的我。

她坐在萨米睡的行军床的床沿，背靠墙，对着窗户。她戴着黑头巾，白皙严肃的脸和灰色的大眼睛，让我想起了一只猫。她面无表情，我只能凭她的语气，她的动作——狠狠地掐皮肤，掐到出血——来猜她的心思，她心中的苦楚。

屋里一股热面包香，弥漫着居家过日子的味道。我欲言又止，她侧耳对着我，微微偏着脑袋。

看来她又做面包了。"你做胡卜兹[1]了？"我问。

"我是给萨米做的。"她说，"没你的份儿。你看见什么来着？"

"阿芙拉……"

"我又不傻，我还没到神志不清的地步。我不过想给他做几块面包罢了。你没事吧？你别忘了，我脑袋比你灵光。你看见什么了？"

"我们每次非得这样吗？"

我盯着她紧扣的手指。

"唔……院落，"我说，"就好像躯壳，阿芙拉。躯壳，如果你看得见，你会忍不住想哭。"

"你昨天就说过了。"

"还有零售店，现在都空荡荡的。水果还在阿德南当初放的篓子里——石榴、无花果、香蕉和苹果。现在统统烂了，苍蝇，成千上万只苍蝇在热浪中飞舞。我翻了一遍，找到一个好的。

---

1 阿拉伯语音译。一种圆形口袋状面食，由小麦面粉和水发酵后烤制而成。

我给你带了回来。"我走过去，将石榴放在她的腿上。她拿起石榴，用手指摩挲着石榴的皮，转过来，按在自己的掌心。

"谢谢你。"她说，面无表情。我原来希望石榴能感动她，打动她的心。之后她花了几小时剥皮、取子。她将石榴一剖两半，挤出核，随后拿一把木勺敲打，将玻璃碗装得满满的。她会笑着说她得了一千枚宝石。我盼她笑，可这是一个无聊的愿望，自私自利的愿望。现在什么都提不起她的兴致。还不如盼这场战争早日结束。可我不能没有一个盼头，如果她笑了，如果老天开眼，她笑了，我无异于在沙漠中找到水。

"求你告诉我，"她不依不饶，"你看到什么了？"

"我不都说过了。"

"没有的事，你说了你昨天见到的。今天见到的还没说呢，你今天见到有人死了。"

"你不过胡思乱想罢了，都怪你看不见。"我不该说这话。话一出口，我连忙赔不是，一次，两次，三次，她的脸却毫无反应。

"你进门时的呼吸瞒不过我。"她说。

"我怎么呼吸了？"

"像条狗。"

"我可是够平静的。"

"像暴风雨一样平静。"

"得，出零售店后，"我说，"我绕了一段路，想看看阿克拉姆还在不在。我上了去大马士革的那条大路，刚过银行，就在那辆红色载货卡车每逢星期一停的拐弯处……"

她点了点头。她脑海里这下看见了。她不愿放过每一个细节。我终于明白了这一点：她需要小细节，好看得真切，好自称亲眼所见。她又点了点头，催我快说。

"我跟着两个全副武装的兵，无意中听他们拿什么打赌。说是要拿什么练靶子。他们讲好了赌注，我才明白他们说的原来是一个在路边玩的八岁孩子。老实说，我不知道他在那儿干什么。他妈妈为什么放得下心……"

"他穿什么衣服？"她问，"那个八岁的小男孩，他穿什么衣服？"

"一件红上衣，一条蓝短裤——牛仔短裤。"

"他的眼睛是什么颜色？"

"我没看见他的眼睛，可能是棕色的。"

"那孩子我认识吗？"

"可能认识吧，"我说，"我反正不认识。"

"他玩什么？"

"一个玩具卡车。"

"什么颜色？"

"黄色。"

她拖延着那不可避免的一幕，让孩子多活片刻。我不愿打扰她，她默默地坐了许久，希望孩子躲过一劫，大难不死。也许她在回想那颜色，孩子的一举一动，将这一切留在心中。

"你说。"她终于说。

"等我明白过来，为时已晚。"我说，"一个家伙答应打赌，一枪打中了他的脑袋。街上的行人拔腿就跑，大街上顿时人去一空。"

"你呢？"

"我动弹不得。孩子躺在街头。我动弹不得。"

"你不要命啦。"

　　"那一枪没有当场要那孩子的命。他妈妈就在同一条街的家里，她哭得撕心裂肺，要过去抱孩子，可那两个兵对着大街一个劲儿地开枪，嚷嚷。大伙儿喊道：'你不能靠近你的孩子！你不能靠近你的孩子！'"

　　我捂着嘴，失声痛哭。我捂住眼睛。我希望我能忘记，忘记眼前的一幕。我希望把这一幕统统忘却。

　　随后，我觉得有人搂住了我，面包的香味笼罩了我。

* * *

　　黑暗中落下一枚炮弹，天空一闪。我帮阿芙拉脱衣就寝。她现在张开手掌，扶着墙，蹭着地板，摸索着在家里走动。她能做面包，可到了晚上，她希望我替她脱衣服。她希望我叠好衣服，放在她以往放的床头那把椅子上。她就像一个孩子，胳膊高举过头，让我脱下她的长袍。我解下她的头巾，任她的头发散落肩头。她随后坐在床头，等我为她宽衣解带。那晚静悄悄的，没有轰隆的炮弹，房间里洒满月光，祥和，安宁。

　　这间房里有一个大弹坑，对面的一堵墙和一部分天花板塌了，留下一个看得见花园和天空的大洞。月光照着垂在天棚上的茉莉，隐约能看到后面的无花果树和低垂的木秋千。秋千是我为萨米搭的。夜晚空寂，了无生气。战争接连不断。家家户户人去楼空，或者成了亡者的坟冢。昏暗的月光下可见阿芙拉亮晶晶的眼睛。我想抱住她，亲吻她胸口柔嫩的肌肤，陷在她的怀里。那一刻，就一刻，我忘乎所以。她转身对着我，好像看得见我，好像看出了我的心思。"喂，只要是我们所爱的，都会被夺走。"

　　我们躺在床上，外面飘来烟熏火燎的煳味。她虽然和我面对面，却不愿碰我。萨米死后，我们还没温存过。可有时候，她让我握住她的手，任我的手指扣着她的手掌。

"我们非走不可，阿芙拉。"我说。

"我早说过了，不行。"

"不走的话……"

"不走的话，我们小命不保。"她替我说。

"千真万确。"

"千真万确。"她睁着一双无神的眼睛。

"你等着一枚炮弹落在我们头上。你日盼夜盼的事，到头来总是落空。"

"那我就不盼，我丢不下他。"

我正要说："可他早走了，萨米死了，他不在这里。他不在这个人间地狱陪着我们，他去了别处。留在这里不见得离他更近。"她会说："我知道呀，我又不傻。"

我们干脆不出声。我手指划着她的掌心，她却等着一枚炮弹落到我们头上。我夜里一觉醒来，伸手去摸她，知道她还在，我们还活着，才放心。夜色中，我想起狗在原来种玫瑰的田里啃人的尸体，远处传来一声凄厉的尖叫，仿佛一个人被拖着坠入死亡的深渊。我手按着她双乳间的胸口，摸着她的心口，又睡了过去。

祷告时间报告人早晨对着空荡荡的宅子喊人祈祷。我要赶在断粮之前出去找些面粉和鸡蛋。我在灰烬中迈不动脚。灰烬太厚，我仿佛蹚着积雪。到处可见焚毁的小轿车，阳台垂下的一排排肮脏的衣物，街头低垂的电线，被炸毁的商店，一栋栋房顶被掀翻的公寓楼，人行道上成堆成堆的垃圾，无不散发着尸臭和烧橡胶的臭味。远处腾起冲天的浓烟。我口干舌燥，攥着的拳头直哆嗦，在面目全非的街头进退两难。城外的大地，村子化为灰烬，人们仿佛决堤的河水，夺路而逃；女人们惶惶不安，生怕被无法无天的民兵糟蹋。身边一丛盛开的大马士革玫瑰，我闭上眼睛，嗅着玫瑰花香，一时可以佯装对眼前的一切视而不见。

我抬起头，发现自己到了一处关卡。两名端着机枪的军人拦住了我的去路。其中一个戴着格子头巾，另外一个从一辆卡车的后备厢抽出一杆枪，抵住我的胸口。

"拿着。"那人说。

我试着模仿妻子的面孔。我不愿表露任何情感。他们不会因此吃了我。那人拿枪狠狠地捅了一下我的胸口，我没站稳，失足跌坐在地上。

他把枪往地上一扔。我抬头望着低头盯着我的两个人，戴格子头巾的兵端枪指着我的胸口。我慌了神，匍匐在地，乞求饶命。

"行行好。"我说，"我不是不愿意。承蒙你抬举，接过那把枪，我很荣幸，无比荣幸，可我妻子身体不好，身患重病，需要我照顾。"说这番话的时候，我认为他们不会理会。他们凭什么要理会？每分钟都有孩子死亡。他们凭什么在乎我生病的妻子？

"我壮实着呢，"我说，"而且聪明。我愿意为你们效犬马之劳。请宽限我几天时间。我就这一点请求。"

另一个人拍了拍格子头巾的肩膀，他放下了枪。

"下回再让我们瞧见你，"另一个人说，"你要么接枪跟我们走，要么找人为你收尸。"

我打定主意，径直回家。一路上，我总觉得身后跟着一个人，我吃不准是有人跟踪还是心理作祟：脑袋里始终有一个披着斗篷的人，仿佛儿时的梦魇，在我身后废墟的上空盘旋。我回头，却空无一人。

回到家，看到阿芙拉背靠着墙，面对窗户坐在行军床上，手里拿着那个石榴，翻来覆去地摩挲石榴皮。我一进门，她就竖起耳朵，不等她开口，我找出一个包，满屋子翻出行李，塞了进去。

"出什么事了？"她睁着看不见的眼睛问。

"我们这就走。"

"不行。"

"不走的话，我就没命了。"我进厨房，打开水龙头，将几个塑料水瓶灌满水。我又为我们俩各多收拾了一套衣服。随后从床下找出护照和积蓄——阿芙拉不知情，这笔钱是我和穆斯塔法在生意倒闭前攒下的，我个人账户还存了一些，但愿临走前还能取出来。她在另一间屋里发牢骚，坚决不答应。我带上萨米的护照，我不能把它丢在这里。然后提着包回到客厅。

"我被军队拦下了，他们拿枪抵着我的胸口。"我说。

"你撒谎，为什么以前从没有过？"

"也许以前这一带还有年轻人，他们注意不到我，也用不着。现在留下来的人都蠢头蠢脑。"

"我不走。"

"他们不会饶了我的。"

"顺其自然。"

"我请他们宽限我几天照顾你，他们答应了。如果再让他们瞧见，我还是不跟他们走的话，他们不会放过我，还说要我自己找人收尸。"

听到最后一句话，她顿时睁大眼睛，大惊失色，露出真正的惶恐。一想到失去我，也许想到我的尸体，她如梦方醒，站起身，沿着过道一路摸过去。我屏住呼吸跟着她。随后，她躺在床上，闭上眼睛。我晓之以理，她却躺在那儿，好像一只死猫，穿着黑长袍，戴着黑头巾，板着那张我现在厌弃的毫无表情的脸。

我坐在萨米的床上，出神地望着窗外，望着灰蒙蒙的天空。铁灰色的天空，不见一只飞鸟。我在床上坐了一天，坐到傍晚，坐到夜色吞没了我。我记得工蜂远道去找新花源和花蜜，然后回来告诉其他蜜蜂。蜜蜂抖抖身子，在蜂巢对面舞动触角——按太阳的方位告诉其他蜜蜂花源的方向。我希望有人为我引路，告诉我该怎么办，为我指路。我现在觉得自己无依无靠。

午夜前，我躺在阿芙拉身边。她一动不动。我的枕头下压着那张照片和那封信。半夜醒来，我发现她面对我，轻轻地呼唤我的名字。

"什么？"我问。

"你听。"

房前传来脚步声和男人的声音，随后是一声笑，一声低沉的笑。

"他们要干什么？"她问。

我翻身下床，轻手轻脚地走到她那一侧，抓住她的手，扶她起来，搀着她来到后门，进了院子。她乖乖地、毫不犹豫地跟着我。我拿脚探地，找到铁皮屋顶板，将它推开，扶她坐在洞口。我先爬进去，再扶她下来，然后拖过屋顶板盖上。

我们的脚泡在几英寸[1]深的水里，水里到处是在这里安家的蜥蜴和昆虫。这是我去年挖的藏身地洞。阿芙拉搂着我，脸埋在我的脖颈里。我们就这样坐在黑暗中，坐在这个为我们俩挖的墓穴里，两眼一抹黑。她的呼吸是万籁俱静中唯一的声音。她说得也许没错。我们也许就应该这样离开人世，不用人为我们收尸。有个活物贴着我的左耳窸窸窣窣地活动。我们头顶，有东西被挪动、打碎、折断。那几个人想必进了门。我感觉她贴着我的身子在哆嗦。

"你知道吗，阿芙拉？"

"什么？"

"我想放屁。"

沉默片刻，她开始大笑。她对着我的脖颈大笑，不出声地笑。她笑得浑身发颤。我搂紧她，觉得她的笑是世上仅存的最美妙的事物。但我一时说不好她是笑，还是哭，她笑到泪水打湿了我的脖颈。过了一会儿，她呼吸轻柔舒缓，沉沉地睡了过去——仿佛这个漆黑的洞是她唯一觉得安全、放心的地方。在这里，内心的阴霾与周围的黑暗相融。

我忽然懂得了失明的含义。随后思绪万千，恍然如梦，战前的一幕幕生活历历在目。阿芙拉一袭绿裙，牵着萨米的小手。萨米刚学会走路，蹒跚地走在她身边，指着划过湛蓝色天空的一架飞机。我们出门远足。那是一个夏天，她领着几位姐妹，一袭黄裙的奥拉，粉装的赛纳赫。赛纳赫说起话来手舞足蹈，那是她一贯的做派。她一开口，另外两位姐妹异口同声地说："不行！"我陪着一位男人，我的叔父。我仿佛看见了他的拐杖，听到拐杖

1　1英寸=2.54厘米。

嗒嗒嗒地敲着水泥路面。他跟我谈工作：他在大马士革老城开了一家咖啡馆，现在想要退休，颐养天年，可他儿子不愿子承父业，这个懒惰、忘恩负义的小子；儿子后来娶了个贪图钱财的女人，千金散尽，她却禀性难移……这时候，阿芙拉将萨米抱在膝头，回眸一笑，阳光照着她的眼睛，灵动如水。这一幕渐渐淡去。他们如今身在何处？

我在黑暗中眨了眨眼睛。伸手不见五指。阿芙拉在睡梦中叹了一口气。我自问要不要拧断她的脖子，让她脱离苦海，给她想要的安宁。萨米就埋在这个天井里。她愿意陪着他，不必丢下他。她的自虐到此为止。

"努里。"她喊了一声。

"嗯？"

"我爱你。"

我没吭声。她的话融入了黑暗，我任由它沉入泥土，沉入苦难的大地。

"他们要杀我们？"她问。声音里隐约透着惶恐。

"你怕了。"

"不怕。我们现在和死亡近在咫尺。"

脚步声近了，越来越响。"我早说了，"一个人说，"我叫你别放他走。"

我大气不敢出，紧紧地搂住她，生怕她动。我甚至想捂住她的嘴。我怕她说话，怕她喊出声。是死是活，全在她一念之间。上方，是窸窸窣窣的脚步和含混不清的话。过了一会儿，脚步终于远去。阿芙拉松了一口气，我这才松开她，她还有求生的本能。

我断定那几个人走远，已经是早上的事情了，已经一连几小时毫无动静，阳光从铁皮屋顶板边缘漏了进来，照亮了泥泞的洞壁。我推开屋顶板，看见了一尘不染的、广阔的天幕：湛蓝欲滴。阿芙拉醒了，但她一声不吭，沉浸在她黑暗的世界。

进了家门，我恨不得自己也是个瞎子。客厅一片狼藉，四壁被涂得不堪入目。**决一死战。**

"努里？"

我不吭声。

"努里……他们怎么着了？"

我望着双目不明的她恍若一个魅影，笔直、一动不动地站在一片狼藉中。

我一声不吭，她上前一步，跪倒在地，在地上摸着。她捡起一个被打碎的摆件：一只水晶的鸟儿，一边展开的翅膀上用金字镌刻着"**真主的九十九个尊名**"。这是她祖母送给她的陪嫁。

她拿在手上，像摸那个石榴一样，颠来倒去地摸它的纹理、字迹。然后轻声地，仿佛找回了多年前孩子时的声音，背诵镌刻在上面的文字：

"立法者、征服者、全知者、全视者、全听者、赐予生命者、赐死者……"

"阿芙拉！"我说。

她放下摆件，欠起身，用手指摸着身前的地。她捡起一个玩具车。萨米死后几个星期，我将玩具全放进了壁橱。玩具车碎了，碎片撒了一地，我目不忍睹。地上还有一罐巧克力，萨米最喜欢的零食，从阿芙拉跟前滚开，停在椅子脚下。巧克力现在想必生了霉，可我将它和让我留作念想的东西一股脑儿地放在壁橱里。发现手里拿的是玩具车，阿芙拉立刻放了下来，扭过头，好像要看着我的眼睛。

"你走也好，不走也好，"我说，"我反正要走。"

我撇下她，去找我们的包裹。我在卧室找到了包裹，包裹好好的。我搭在肩头，回到客厅，发现她站在客厅中间。她摊开的掌心上放着五彩的乐高组件：萨米搭的一间房子的残骸。他说，那是我们到伦敦的家；他答应，那是一个我们要去的好地方。

"那里没有炮弹，"他说，"房子也不会像这里一样容易倒塌。"我不知道他说的是乐高房子，还是真房子，想到萨米生在一切都毫无保证的乱世，我不禁悲从中来。真实的家园轰然倒塌，沦为废墟。萨米的世界仿佛海市蜃楼，他却憧憬着一个周围建筑不会倒塌的地方。我按原样小心翼翼地将萨米搭的乐高房子放进壁橱。我甚至惦记着拆开，粘上胶水，重新组装，方便长久保存。

"努里，"阿芙拉打破了沉默，"我忙完了。你行行好，带我离开这个地方吧。"

她站在那里，扫了一眼这间屋子，好像她能看得见。

-3-

　　我一觉醒来，发现自己仰面躺在天井里。下过雨，我的衣服湿了。这块水泥地上种了一棵树，树根撑裂了地面，顶着我的背。我发现我手中攥着几朵花。我睁眼看去，一个人低头看着我，挡住了太阳。

　　"你在这里干什么呀，老头儿？"摩洛哥人笑呵呵地低头盯着我。他转而用阿拉伯语说："你睡在天井里呢，老头儿？"他向我伸出手，就这个年纪的老人来说，他出奇地健壮，稳稳当当地将我拉了起来。

　　"老透？"我迷迷糊糊地说。

　　"老——头儿。"他说着，扑哧一声笑了。"那家商店的老板说老——头儿，老人家的意思。"

　　我跟着他进门，进了暖烘烘的屋子。他说阿芙拉一直在找我。"她哭哭啼啼。"他说。我是不信的。我在厨房见到她，她已经穿戴整齐，和露西·菲舍尔那天过来的时候一样，端坐在桌前。我没看出她哭过，自从逃离阿勒颇，我没见她或听她哭过。她手指捻着穆罕默德的弹子。我以前试着从她手里夺走，可她不肯放手。

"你可以自己穿衣服了？"我说。但看她脸色阴沉，我立马后悔说了这句话。

"你跑哪里去了？"她问，"我几乎一宿没睡，不知道你跑哪里去了。"

"我在楼下睡着了。"

"哈齐姆说你睡在天井里！"

我浑身一紧。

"他是个好人。"她说，"他答应帮我找你，嘱咐我不要担心。"

我打定主意，出去走走。我还是第一次出门。我人地生疏，林立的店铺虽破败却不失傲气——走起比萨、辣得欢、波兰餐厅、印度帕维尔、织姬。路的尽头是一间便利店，不知谁将阿拉伯音乐放得震天响。我一路寻向海边。这一带的海滩没有沙滩，只有卵石和沙砾，但靠海边的滨海大道有一个供孩子玩耍的大沙坑。一名红衫红短裤的男孩在垒沙堡。天气并不热，可大伙儿觉得热，男孩妈妈给他换上了短衫短裤。孩子铲起沙子，小心翼翼地装进一个蓝色的小桶，装满后，用锹柄一丝不苟地摊平。

孩子们举着冰激凌和他们脑袋大小的冰棍撒欢儿。垒沙堡的孩子垒了一座城市，又用塑料纸、瓶盖和糖纸装饰他垒的房屋。他用一只丢弃的袜子和一根棉花糖棍做了一面旗帜。然后，在沙堡中间插上一个茶杯。

孩子站起身，退后一步欣赏自己的杰作。这一幕令人难忘，他用茶杯围着沙堡建了一圈房屋，一个水瓶当作玻璃幕墙的摩天大厦。他一准注意到我看得出神，扭头瞥了我一眼，犹豫了一下，然后盯着我。他纯真，专注，与战前的孩子无异。我一时觉得他有话要对我说，可一名女孩抱着一个球，怂恿他过去玩。他犹豫不决，依依不舍地看了一眼自己的杰作，又看了我一眼，才撇下沙堡，跑了过去。

我在邻近沙坑的海滨大道坐了许久，看太阳慢慢西移。下午时分，孩子们走了，这地方也安静了，天空乌云密布。我从背包里掏出申请避难的文件。

要以难民身份留在英国，你必须在你自己的国家内无处安身，因为你担心在那里遭到迫害。

一道闪电划破长空。雨大滴大滴地落在我手中的那张纸上。

英国。

无处安身。

迫害。

大雨如注。我收起文件，塞进背包，起身向山上的客栈走去。

阿芙拉靠客厅的双开门而坐，几位房客在客厅里徘徊，电视开得震天响。摩洛哥人扬起眉毛。"好啊，老头儿？"他现在能说几句完整的英语了，乌黑的眼睛炯炯有神。

"还好，老头儿。"我说着，挤出了一丝笑容。这让他放心。他拍着膝盖，开怀大笑。我又坐回电脑桌前，出神地盯着我映在电脑屏幕上的脸。我摸了摸键盘，却不敢查看电子邮件。眼睛不住地看向玻璃门。只要起风，撤亮电灯，我都盼着天井里出现穆罕默德的身影。

我推门进院子去找那只蜜蜂，最后发现它翻过了树下的断枝和落英。我一伸出手，它立刻爬上我的手指，爬上我的掌心，收起腿，蜷伏在我的掌心。我带它进了门。

老板娘为我们端来了茶，以及撒着黄郁金根粉的肯尼亚甜点。在我听来，她说的是一口字正腔圆的英语。她是一个身材娇小的妇人，小巧玲珑，好像执意要做一个洋娃娃。她穿的那双鞋，木头的大鞋跟直到瘦削的腿根。她绕客厅走了一圈，分发甜点和茶水。她让我想起了一只小象。

摩洛哥人说她是一个会计，在南伦敦一家事务所兼职，其余时间打理这家客栈。宗教会议拨款请她收留我们。她擦洗墙壁、地板，恨不得要洗净我们一路的风尘。从她的气质可见，她的经历并不简单。客厅一角放着一个红木柜。清漆的柜面光亮如水，柜子里摆满了一个个酒杯。她每天都要擦一遍一尘不染的玻璃杯。她站在柜前，拿一块像是从一件男士条纹衬衫上撕下来的抹布——我注意到抹布上还有一枚纽扣。她擦不尽墙上的绿霉、厨房厚如我老皮的油脂，可我看得出，她以照顾我们为荣。她叫得全我们的名字，即使客人来了又走。这是一项了不起的本事。她和阿富汗女人聊过，打听她从哪儿买的那条用金线手工织的头巾。

"蜜蜂还活着！"摩洛哥人说。

我看着他，微微一笑。"它是一位战士，"我说，"昨晚下了一夜的雨。如果它不会飞，怕是活不了，至少活不长吧。"

我带蜜蜂出了门，将它放在一朵花上，然后回房伺候阿芙拉就寝。我帮她宽衣解带，挨着她躺了下来。

"穆斯塔法在哪里呀？"她问，"你有他的消息吗？"

"好久没有了。"我说。

"你查看电子邮件了吗？他说不定也在到处找你呢？他知道我们来了吗？"

外面传来一声奇怪的响声，空中一声低沉的呼啸。"你听见了吗？"我问。

"雨打窗户吧。"她说。

"我说的不是这个。呼啸，一声呼啸，拉得很长，好像要起沙尘暴了。"

"这地方可没沙尘暴，"她说，"只有下雨和不下雨。"

"那你听不见？"

她托着腮，神色凝重。她正要开口，我笑着拦住了她。"今天冷，却是一个大晴天！英国的天气好像疯子！你明天出去吗？我们去海边走走。"

"不去。"她说，"我不能出去。在这个世界，我不愿出门。"

"你现在自由了呀，你可以出去，用不着担心。"

她不搭话。

"今天一个小男孩在海边垒了一座令人叫绝的沙堡，一整座城市，有房屋，还有一栋摩天大楼！"

"真气派。"她说。

曾几何时，她什么都想知道，迫不及待地打听我看到的景象。可她现在提不起兴趣。

"我们必须联系穆斯塔法。"她说。

***

夜色令我心烦，妻子的体味令我心烦，那夹杂着玫瑰花香和汗味的体味。她上床前抹了香水。她从口袋里掏出一个玻璃瓶，抹了抹手腕和脖颈。房客们还在楼下的客厅谈天，各种语言混杂，令人匪夷所思。不知谁哈哈大笑，楼梯上传来咚咚的脚步声。楼板吱嘎作响，我听得出是摩洛哥人。我听得出他的脚步声，那种犹犹豫豫的步态，乍一听似乎很随意，却有一种特有的节奏。他路过我们的房间，那一刻，我听见一枚弹子滚过木楼板。我听得出那声音。我一跃而起，打开电灯，发现穆罕默德的弹子滚向地毯，我捡起来，在灯下端详横贯弹子的红色脉络。

"怎么啦？"阿芙拉问。

"只是那枚弹子，没什么，你睡吧。"

"搁我床头的梳妆台上吧。"她说。

我依言放下弹子，上了床，这回我背对着她。她手扶着我的背，掌心贴着我的脊梁骨，仿佛在感知我的呼吸。在黑暗中，我睁着眼，因为我怕……

夜晚

……降临，我们在法拉杰门，在老城里。我们在一棵酸橙树下等一辆丰田车。一同在等的还有一具男尸。丰田是一辆皮卡，没大灯，金属的栅栏车厢，是平素运牛和羊这类牲口的那种车。尸体的一只胳膊搭着脑袋，仰面躺在车后厢。他二十五六岁吧，穿一件黑工作服和一条黑牛仔裤。我没告诉阿芙拉车厢里还有一具尸体。

蛇头嘱咐我们在这里等。

一道白光突然照亮了尸体的脸。一闪一灭——那只搭在脑袋上的手里攥着一部手机。他的眼睛是褐色的，眉毛很浓，左脸颊上有一道旧伤疤。一条闪亮的银项链刻着他的名字：阿巴斯。

"这地方真漂亮。"她说，"我知道我们到哪儿了。"

这条街曾经葡萄架遮阴，小巷尽头是一段台阶，拾级而上，可到一所学校门口的台地。

"我们快到钟楼了吧。"她说，"转过那边的街角，有一家铺子卖玫瑰味的冰激凌，我带萨米去过，还记得吗？"

***

鳞次栉比的楼房后，法拉杰门钟楼的时针闪着绿莹莹的光。
十一点五十五分，还有五分钟。我无助地站在那儿，看着她，
她的表情因回忆而有了生气。她又笑又哭，一点一点地恢复了活
力。她仿佛从一道裂缝一闪而过，不见了。现在和我脸贴脸站在
那里，我好像看到了愿望，决心抓住一个幻想，一线生的愿望，
阿拉伯的未来。阿芙拉上了年纪，也许会嫌弃这一幕。我突然觉
得怕她。手机不闪了。周围又陷入黑暗。

我隐约看见远处圆锥形土丘上火山口模样的阿勒颇卫城。

起风了，风送来阵阵玫瑰花香。

"你闻到玫瑰花香了吗？"我问。

"我抹了香水。"她说。

她手摸进口袋，掏出一个玻璃瓶托在掌心。这是结婚那年我
为她定做的。我的一位朋友开了一家玫瑰花香精提炼厂，我亲手
挑的玫瑰。

她嘀嘀咕咕说个不休。她希望来年春天，玫瑰花开时节回
来。她要穿一条黄裙子，洒上香水，和我并肩散步。我们从家出
发，穿城去山上的集市。到时候，我们徜徉在老集市撑开雨篷的
小巷，小巷两边的摊子摆满了各色香料、香皂、茶叶、金银铜
器、柠檬干、蜂蜜和香草，我要亲手为她挑一条真丝头巾。

我突然觉得想吐。我告诉过她，集市如今空空荡荡，几
条小巷被炸弹夷为平地，原来商贾、游客如织的小巷，如今只
剩下大兵、老鼠和猫在游荡。除了一处出售咖啡给大兵的咖啡
馆，摊位冷冷清清。阿勒颇卫城如今成了军营，盘踞着大兵，
围了一圈坦克。

49

　　麦地那集市是世界上最古老的市场之一，是丝绸之路的要冲，在那里埃及、欧洲、中国等地的商贾云集。阿芙拉说起阿勒颇，仿佛那是故事中的仙境。她仿佛忘却了一切，战争前的岁月，暴动，沙尘暴，干旱，忘却了我们是如何挣扎着生存的。

　　尸体手中的手机又亮了，不知谁有话要对他说。酸橙树枝头栖着一只戴胜鸟，眼睛乌黑闪亮。鸟儿展开翅膀，手机的灯光照亮了它黑白相间的羽毛。我不忍看那灯光，跪下身，从他僵硬的手指中剥下手机，塞进我的背包。

　　钟敲响了十二点。远处隐约传来引擎声。阿芙拉挺直身子，惊恐万状。一辆丰田皮卡关了车灯，上了弯道，车轮掀起一阵灰尘。司机下了车。他秃顶，粗眉大眼，留着胡子，穿黑T恤、军裤、军靴，腰上挂着腰包，里面别了一把手枪，俨然一副政府军打扮。他理了头，又修了胡子，这是障眼法，以防被阿萨德[1]的沙比哈民兵捉住。

　　他站在那里，久久地打量着我。阿芙拉在灰烬中挪着脚。那人没有看她。

　　"你们叫我阿里吧。"他终于说，然后又一笑，堆出满脸的皱纹。他的笑容让我觉得不自在，这种笑让我想起了另一种笑：萨米的奶奶从集市带回来的一个上发条的小丑。阿里的笑容突然一收，眼睛在黑暗中扫了一圈。

　　"怎么了？"我问。

　　"我听说是三个人。"

　　我指了指地上的那具尸体。

　　"太不巧了。"阿里的声音中透着出乎意料的伤感，他勾着

1　即巴沙尔·阿萨德（1965—），叙利亚总统，2000年7月就任。

脑袋,低头久久地盯着那具尸体,然后跪下身,从尸体手指上摘下金婚戒,利落地套在自己手上。他叹了口气,抬头盯着钟楼,又看了看天空。我顺着他的目光望去。

"今晚天气晴朗,满天星星。还有四小时才日出,要想凌晨四点越过边界,就必须在凌晨三点前赶到阿尔玛纳斯。"

"要走多久的路?"阿芙拉问。

阿里才看见她似的,打量了她一眼,然后眼睛盯着我答道:"不到两小时。你们不要坐前排,到后面去。"

皮卡后车厢站着一头奶牛,车厢内遍地是牛粪。我扶阿芙拉上了车,司机嘱咐我们蹲下去,免得被人看见。如果被看见了,狙击手打的就不是奶牛了。奶牛呆呆地盯着我们。司机发动引擎,丰田车尽量悄无声息地穿过一片废墟的大街,翻过满地的瓦砾。

"手机响了。"阿芙拉说。

"你说什么?"

"我感觉它在我腿上震动,就在你的包里。谁打来的?"

"不是我的手机。"我说,"我的手机关了。"

"那是谁的手机?"

我从背包掏出手机,五十五个未接来电。手机铃又响了。

祖吉特·阿巴斯:阿巴斯的妻子。

"谁呀?"阿芙拉问,"你接呀。"

"把你的头巾给我用用。"我说。

阿芙拉从头上解下头巾递给我。我用头巾裹住脑袋,然后才接电话。

"阿巴斯!"

"我不是阿巴斯。"

51

"你在哪里，阿巴斯？"

"哦，对不起，我不是阿巴斯。"

"他人呢？能请他接个电话吗？他被捕了吗？被他们捉去了？"

"阿巴斯不在这里。"

"可我跟他说得好好的，电话就断了。"

"什么时候的事？"

"不久前，大约一小时吧。请你让他接我电话。"

这时候，皮卡停了，关掉了引擎，脚步声由远而近。司机扯下我的头巾，往后面一扔，我觉得眉心一凉。

"你糊涂了？"阿里说，"你们不想活了？"他拿枪顶了顶我的额头，怒目圆睁。阿巴斯的妻子在手机上一遍遍地喊着："阿巴斯，阿巴斯，阿巴斯……"

"把手机给我！"蛇头说。我只好把手机递给他。车这才出发。

我们直奔阿勒颇以西二十公里外的乌鲁姆库布拉镇。我们迂回穿过老城的废墟。城西一带被政府军占领，叛军盘踞城东。目睹这一切的小河在两军对垒的无人地带穿城而过。谁要是在政府军一侧往凯科河扔东西，最终会漂到叛军一侧。我们来到城边缘，路过一幅巴沙尔·阿萨德硕大的广告牌，即使在夜色中，也能看见他钻石一般闪亮的蓝眼睛。海报原封不动，纤尘不染。

车上了双车道，眼前豁然开朗，路两旁是黑色的旷野，桑树和橄榄树的蓝影在月光下摇曳。叛军和叙利亚政府军在死城一带交战，那数百座早已废弃的古镇散落在阿勒颇郊外的四野。在这片蓝色的废墟上，我努力忘却我熟悉的一切，我听到的一切。我想象它未染炮火和硝烟，就好像巴沙尔·阿萨德的蓝眼睛。事已至此，无力回天。十字军城堡、清真寺、教堂、镶嵌工艺、古市场、房屋、家园、心上人、丈夫、妻子、儿女。儿子，我想起了萨米的眼睛，一关灯就变得晶莹闪亮的眼睛。

阿芙拉一声不吭。她披散着头发，那颜色仿佛天空。我看她坐在那儿掐自己，白皙的脸显得越发苍白。我闭上眼睛。再睁眼，发现我们到了乌鲁姆库布拉镇，眼前是被炮弹炸成骨架的卡车。司机绕路过来，说要等一位母亲和她的孩子。

这地方空荡荡的，不见人烟，认不出从前的模样。阿里情绪激动。"我们必须在日出前赶到，"他说，"否则休想成功。"

黑洞洞的两栋楼中间闪出一名骑自行车的汉子。

"你们别出声，让我来。"阿里吩咐，"现在什么人都有。他说不定是个奸细。"

等那人走近，我发现他面如死灰。这个人不可能是奸细，但阿里不敢掉以轻心。

"请问你们有没有水？"那汉子问。

"没问题，朋友。"阿里说，"我们有水。"他从副驾驶取出一瓶水，递给那汉子。他好像一百年没喝过水似的，一饮而尽。

"我们还有些吃的。"阿里从一只口袋里掏出一个西红柿。

男子伸出手，摊开手掌，仿佛要接过一块黄金。他随后站在原地，掌心托着西红柿，一动不动地一一打量我们。"请问你们要去哪里？"他问。

"我们去探望姑妈。"阿里说，"她得了重病。"

他指着前方，告诉我们要走的路，随后一言不发地将西红柿装进自行车的车篓，跨上车，掉过车头。但他没有骑走，在路上绕了一个大圈子，折了回来。

"对不起，"男子说，"我忘了，我有要事相告。"他抹了一把脸，抹去了脸上的一部分灰尘，脸颊上的指痕中露出白皙的皮肤。

"我喝了你们的水，拿了你们的西红柿，如果一声不吭就走，我算不得一个好人。不知你们是死是活，我心里也不踏实。如果你们走我刚才说的那条路，不出五公里就有一座水塔，塔顶上藏着一名狙击手。他会看见你们。我劝你们不要走这条路。"他指着一条通往乡间小路的土路，详细解释从什么地方可以折回原来的路。

阿里不愿再等那对母子，我们决定信这个汉子一回，绕道，右拐上来往宰尔代纳和马拉特·米斯林两个镇的那条乡间小路。

"我们到什么地方了？"车在乡间小路飞奔，阿芙拉问我，"你看到什么了？"

"绵延几英里的葡萄和橄榄树，朦朦胧胧的，但很漂亮。"

"还是原来的样子？"

"好像从未经历过战火。"

她点了点头。我想象着没有战争，我们当真是去探望生病的姑妈；等我们到家，大街小巷和乡亲一如既往。在一个完整的世界与阿芙拉相守，这才是我盼望的生活。

皮卡在乡间小路悄无声息地颠簸，我强撑着不敢闭眼。在未经战火的星辰下，在未染硝烟的葡萄藤间，我闻到了夜来香和远处飘来的淡淡玫瑰香。我脑海中浮现出一片浩瀚的玫瑰田，月光下的红玫瑰在朦胧的田野里闪烁、摇曳。黎明时分，工人过来，将厚厚的花瓣装进竹筐。随后我看见相邻田中的养蜂场，蜂巢里是一排排蜂房，而蜂房上是无数个紧密排列的精巧的金黄六角形。工蜂嗡嗡地在蜂房顶和蜂箱两侧的洞进进出出，从腺体吐出蜂蜡，嚼碎，垒出一排又一排对称的、直径五毫米的正六边形，宛如层层叠叠的水晶。蜂王在王笼中，几只随从蜂相伴左右，蜂王的气味像磁铁一样吸引着蜂群。嗡嗡声，悦耳轻柔的嗡嗡声，永不停歇，蜜蜂绕着我飞舞，掠过我的脸，被我的头发粘住，挣扎着抽开身，向远处飞去。

我随后想起了穆斯塔法，他每次西装笔挺地从大学来养蜂场，都要带一扁瓶咖啡、一背包书和资料。他脱下西装，换上防护罩，陪我检查蜂巢。蜂蜜的浓度、气味、口味，伸手指蘸一蘸，尝一口。"努里！"他喊道，"努里！我觉得我们的蜜蜂产的是世界上最好的蜂蜜！"过后，等到太阳落山，我们暂搁蜜蜂，穿过熙熙攘攘的大街，穿城回家。萨米趴在窗口，一副犯了错误的模样，苦着小脸等我。阿芙拉推开大门。

"努里，努里，努里。"

我睁开眼睛。"怎么了？"

阿芙拉的脸凑近我。"你哭了。"她说，"我听见你哭了。"她用双手揩去我的泪水，然后盯着我的眼睛，好像能看见似的。那一刻，我也看着她，看懂了她，那个我失去的女人。她陪在我身边，她胸怀坦荡，心若无尘。这一刻，我不再害怕旅途的坎坷，前方山高水远。可她的眼睛转瞬又失去了生气和光泽，她离开我，坐了回去。我知道我不能强求她陪着我，也想不出能挽回她的话。我只能顺其自然，等她回来。

我们绕过马拉特·米斯林，然后重返那条双车道。车翻过一座山，穿过哈兰纳布什镇和卡法纳比之间的山谷，终于到了阿尔玛纳斯。前方是土耳其边界的大型探照灯，掠过的灯光将平原照得如同白昼。

阿尔玛纳斯和土叙边界隔一条阿斯河，这条河是我们的必经之路。司机开到树林下的暗处停下来，领我们上了一条林中小道。阿芙拉紧紧地抓住我的手，还时不时地绊一跤，我只好搂住她的腰，提着她。可夜色中我眼前一片模糊，小动物在树枝和树叶中蹿来跳去，不远处传来说话声。出了树林，我看见河堤上站着三四十个人，仿佛鬼影。一名男子将一个小女孩放进一个大炖锅里——我们通常用来做粉蒸羊肉的那种锅。锅上拴了一根长绳，方便对岸的人将锅拉过河。男子扶小姑娘在炖锅里坐好，而她放声大哭，搂住他的脖子不肯松。

"别这样，上去。"男子说，"你和这些好心人先走，我到对岸接你。"

"你为什么不和我一起走？"她说。

"我答应你到对岸接你。别哭了，别叫人家听见了。"可小姑娘偏不听。他一把将她推了进去，狠狠地扇了她一记耳光。她手捂着脸，目瞪口呆地坐了回去。对岸的人收线，锅被拉走了，越来越远。等她出了视线，男子跌坐在地上，失魂落魄地抽泣。我知道父女俩从此天各一方。这时候，我回头望去。我不应该转身离开那群人，回望夜色下我要抛别的故土。我看见林中的空地，我来时的那条路。

-4-

　　客栈又住进了新房客。他削肩驼背，佝偻着身子坐在椅子上，就好像T恤下长了一对翅膀。他和摩洛哥人搭上了话，两个人费力地用一种双方都不熟悉的语言交谈。摩洛哥人好像很喜欢这个小伙子。他叫迪奥曼德，科特迪瓦[1]人。他说话的时候，时不时瞟我一眼，可我并没有表现出感兴趣的样子。

　　蜜蜂还活着。我去天井，发现它伏在我当初放下它的那朵花上。我哄它爬上我的手，带它进了客厅。它现在沿着我的胳膊往上爬。大多数时候，我眼睛不离天井的门，我盯着玻璃门上迪奥曼德的影子和门后斑驳的树影。

　　"我那会儿在加蓬[2]打工。"迪奥曼德说，"听人说利比亚好，机会多。我朋友说那里乱，但现在安全了，所以我打定主意，去找一份好工作。我花了一万五千非洲金融共同体法郎[3]，

---

1 西非几内亚湾沿岸国家。
2 中非国家。
3 简称"非洲法郎"，是西非经济货币联盟的统一货币。科特迪瓦是八个成员国之一。

坐了八天车，才走出沙漠。可刚出沙漠，我就被逮捕了，被投进了监狱。"他说话的时候胳膊肘支着膝盖，只要一动，肩胛骨就高高地耸起，我还以为他要展翅高飞。他又高又瘦，高高曲起膝盖，人好像折成了两叠。

"我们饿着肚子走了三天，"他接着说，"那么多人，只有一点面包和水。我们还挨打，老是挨打。我不清楚他们的身份，后来他们索要两千非洲法郎，才肯放我。我打电话给家人，可始终不见钱汇过来。"

他挪了挪身子，修长、乌黑的手指扶着膝盖。我回头看了他一眼，看了一眼他粗大的指节和暴突的眼睛。小伙子皮包骨头，仿佛被鸟啄尽了身上的肉，恍若一具尸体或一栋被炸毁的大楼。他和我四目相遇，对望了片刻，随后抬头看着房顶裸露的灯泡。

"喂，你是怎么逃出来的，老头儿？"摩洛哥人说，他懒得听他啰唆。

"三个月后，叛军民兵冲进监狱，放了人质，我才重见天日。我辗转到了的黎波里[1]，找到了朋友，寻了一份差事。"

"天可怜见！"摩洛哥人说。

"可新雇主一分钱都不给我。我找他讨薪水，他反而扬言要杀了我。我想回加蓬，可苦于回家无门，这才上了一艘横渡地中海的偷渡船。"

摩洛哥人在扶手椅上欠了欠身，顺着小伙子的目光看向屋顶的灯泡。

"你辗转到了这里。你怎么来的？"

"说来话长。"迪奥曼德说。可他不愿多说，他好像生气

---

1 利比亚首都。

了。也许注意到了这一点，摩洛哥人敲了敲小伙子的膝盖，换了个话题，告诉他这地方人奇怪的风俗。

"运动鞋搭西装，谁这样搭来着？而且他们穿睡衣出门！你说说！"

"这是运动服。"迪奥曼德指着自己的衣服说。

老人家晚上一般穿睡衣睡裤，可到了白天，他一身蓝灰色西装，规规矩矩地打上领带。

我等他们各自回房，才踱出客厅门，进了天井，将蜜蜂放回那朵花上。街上的车声平缓，微风轻拂，掀动树叶。感应灯的传感器没发现我。夜色宜人，一轮满月高悬天空，这时候，我觉得我身后有人，一回头，发现穆罕默德坐在地上玩弹子。他将弹子沿着水泥地上的裂缝滚。他脚边是一条一点一点爬向水坑的蚯蚓。他抬头看了我一眼。

"努里叔叔，"他说，"我赢了这条蚯蚓！它叫哈比卜。你想对哈比卜问个好吗？"

他抬起蚯蚓，高高地举给我看。

"你在这里干什么？"我问。

"我来找钥匙，我想出去。"

"什么钥匙？"我问。

"我觉得在那棵树上。挂在那儿，可我不知道是哪一把。"

我转过身，只见树上挂着一百多枚金钥匙，在微风中旋转，在月光下闪烁。

"你能给我摘下来吗，努里叔叔？"他说，"我够不着，哈比卜累坏了。"

我盯着悬在他指间的哈比卜。

"行。"我说，"可你怎么知道你要的是哪一把？"

　　"你全摘下来，我一把一把地试，试到能开的那一把不就行了吗？"

　　我去厨房找了一个搅拌钵。穆罕默德坐在地上，耐心地等我回来。我开始从树上摘钥匙——天井有一架梯子，我搬来够那把挂得高高的钥匙。钥匙很快装到了钵口，我看了又看，确定树上一把钥匙不剩。我端着钵，转过身，却发现穆罕默德不见了。蚯蚓一点一点地爬进水坑。

　　我端着钵进了门，上楼回到卧室，我将钵放在阿芙拉一侧的床头柜上，挨着那枚弹子。我轻手轻脚，生怕吵醒了她。我挨着她躺在床上。她面向我，闭着眼睛，脸颊枕着双手，看得出她睡得很沉，因为她的呼吸舒缓、深沉。我毫无睡意，翻身向另一边，对着黑暗出神，思绪把我带回……

伊斯坦布尔

……我遇到穆罕默德。

阿斯河对岸拦了一道铁丝网，网上破了一个两米见方的口子，如同张开的大口。大家将行李扔过铁丝网，从口子里把婴儿递过去。天黑沉沉的，蛇头嘱咐我们趴下，手脚并用地爬过尘土飞扬和欧洲厥丛生的平原。

一进入土耳其，我们徒步穿越连片的小麦田和大麦田，那种感觉，好像走了一百英里之遥。阿芙拉扶着我的胳膊，天热难耐，她却不住地哆嗦。走了将近半小时，远远看见一个孩子背对着太阳奔上大路。他向什么人挥了挥手，然后折下大路，向几座房屋跑去。

我们来到一座村子。低矮的平房、露台和敞开的百叶窗，村民纷纷向窗外张望，还有人走出家门，站在路边，好像看巡回马戏团一样好奇地瞪着大眼睛。村口摆了一条放着塑料杯和一壶壶水的长桌。我们停下来喝水，村妇拿来毛毯，将面包、樱桃和小袋装的坚果分发给我们，然后退到一旁，目送我们离开。我事后才明白，我误以为的好奇其实是担忧——换位思考，如果是我眼睁睁地看着几百个深受战乱之苦的人奔向未卜的前程。

我们又走了至少一小时，风越刮越猛，吹得我们走不动路。我突然闻到一股浓烈的污水味，紧接着映入眼帘的是一片开阔的旷野，到处是帐篷和裹着毛毯睡在垃圾中的人。

我在几棵树下找了一块空地。这里有一种久违的平静。在叙利亚，寂静隐含着危险，随时可能会被一发炮弹、炮火或大兵笨重的脚步震碎。远处的叙利亚方向，大地隆隆作响。

山里吹来的风捎来了雪的味道，白雪皑皑的贾巴尔·艾尔-谢赫山历历在目。许多年前，我第一次见到雪，叙黎两国以贾巴尔·艾尔-谢赫山的分水岭为界，叙利亚在左，黎巴嫩在右，站在山巅，可以遥望远方的大海。我们将一个甜瓜浸在河里，甜瓜被冻得裂开了，母亲吃着冰镇绿水果。我们去世界之巅做什么？

我旁边的一个人说："好不容易处出了感情，他们却走了，又是一个人了。"那人面容憔悴，头发乱蓬蓬的，满脸污垢，他裤子上满是污渍和尿渍。夜色中传来野兽的嚎叫，我闻到了尸臭。那人给了我一瓶水，嘱咐我把它坐在屁股下，等焐热了再喝。夜来了又去，太阳升起。一觉醒来，地上放着食品和一条新毛毯。不知谁送来硬面包、香蕉和奶酪。阿芙拉吃过饭，头枕着我的肩膀又沉沉睡去。

"你是哪里人？"那人问。

"阿勒颇。你呢？"

"叙利亚北部。"他不说具体的地址。

他从烟盒里掏出最后一支香烟，点上火，慢悠悠地抽着，望向对面的荒地。他当年也许是一位壮实的汉子，如今却瘦得皮包骨头。

"请问你贵姓？"我问。

"我失去了妻子和女儿。"他说着，任烟头落在地上。他语气平静，说完这一句，不再多话。但又似乎若有所思。"有人……"犹豫了许久，他最后说，"有人来这里已经有一个月了。你最好背着相关部门找一个蛇头。我手上还有点钱。"他瞥了我一眼，眼巴巴地等我的下文。

"你有办法？"我问。

"我向许多人打听过，有一趟去邻镇的公交车，我们可以在那里找一个蛇头。我见人去过，没回来。我希望有个伴儿。"

我一答应陪他去，他就告诉我，他叫埃利亚斯。

那天余下的时间，埃利亚斯身负使命。他找了不少人，又借我那部电量所剩无几的手机打了几个电话。到了下午，他已经谈妥，我们三个人去邻镇见一个蛇头，从那里去伊斯坦布尔[1]。想到这事轻松搞定，着实不可思议。那里有一个有组织的团伙，专门为我们这种有幸出得起钱的人服务。

第二天，我们步行去汽车站，坐公共汽车去邻镇。在那里见到了蛇头，一个五短身材、患气喘病的男人，一双眼睛苍蝇似的到处乱瞟。他开车送我们去伊斯坦布尔。到了伊斯坦布尔，埃利亚斯寸步不离我们。高耸、明亮、新旧交错的建筑簇拥马尔马拉海和黑海交汇的博斯普鲁斯海峡。我都忘了大楼还能耸立，还有一个安然无恙的世界，不像阿勒颇那样沦为废墟。

晚上，我们在蛇头租的公寓里打地铺。公寓有两间卧室，女人住一间，男人住另一间。我住的卧室的墙上挂着原主人的全家

---

1 土耳其城市。

福，相片被太阳晒得褪了色，不知他们姓甚名谁，现在何方。从海上吹来的风有了寒意。风捎着狗叫声和车声呼啸着钻进木门和窗缝，但这里总归比无遮无拦的野地暖和，至少有卫生间，有遮风避雨的屋顶。

每天一早，鸟儿刚放开歌喉，大伙儿便翻身而起，跪地祈祷。除了等待，我们别无办法。蛇头每次从藏身处回来，都要向我们通报天气和海况。我们不能顶着这么大的风冒险渡海。他一走，大伙儿便聊开了，说谁谁没去成希腊，一大家子，男人、女人和孩子，全都葬身海底。这些话题，我一般不参与，我默默地听着，等大家恢复安静。阿芙拉坐在靠窗的一张柳条椅上，脑袋偏向左边或右边，不放过每一句话。

我向她走过去，她告诉我："努里，我不想走。"

"我们不能一直待在这里。"

"为什么不能？"

"如果待在这里，我们就要住一辈子难民营。那难道是你想要的生活？"

"我别无所求。"

"我们的生活将陷入困境。我怎么工作？"

她不吭声。

"开弓没有回头箭——现在没有理由要放弃。"

她嘀咕了一句。

"穆斯塔法等着我们。你不想见达哈卜了？你不希望有个安身之所，不用担惊受怕？这种日子，我过够了。"

"我怕水。"她终于说出了实话。

"没有你不怕的。"

"你瞎说。"

这时候，我注意到一个小男孩，七八岁的年纪，盘腿坐在地上，拿一个弹子在地砖上滚来滚去。他有些怪怪的，拒人于千里之外，沉迷在自己的世界里。他好像孤身一人。

过了一会儿，我出门上了露台，那孩子跟着我。挨着我站了片刻，脚不停地挪来挪去，擤擤鼻涕，在牛仔裤屁股上蹭蹭。

"我们会掉到海里吗？"他仰起小脑袋，睁着和萨米一样的大眼睛问我。

"不会。"

"和那些人一样？"

"不会。"

"风会把船掀翻吗？船会沉到海里吗？"

"不会。就算翻了，我们还有救生衣。不用担心。"

"真主——保佑——他会救我们吗？"

"会。真主会救我们的。"

"我叫穆罕默德。"小男孩说。

我伸出手，他像个小男子汉，接过我的手握了握。

"很高兴认识你，穆罕默德。我叫努里。"

孩子又仰着小脑袋盯着我，这次眼睛睁得更大，充满了恐惧。"可那群男孩被砍头的时候，真主为什么不救他们？"

"谁砍了他们的脑袋呀？"

"他们排成一排，等待着。他们没穿黑衣服，所以才被砍了脑袋。我爸爸说那是因为他们不穿黑衣服。我穿了黑衣服，你瞧！"

他扯着自己污渍斑斑的黑T恤。

"你都说些什么呀？"

"我爸爸后来给了我一把钥匙，告诉我去找一栋房子，房子在什么地方。他嘱咐我进去之后锁上门。我到了那里，却发现房子没有门。"他从屁股口袋掏出一把钥匙，拿给我看，好像盼着找到它能打开的那扇门。随后他又将钥匙揣进了口袋。

"真主愿意到海里救我们吗？到了海里，他找不到我们怎么办？"

"愿意，他愿意护送我们渡海。"

穆罕默德的肩膀放松了。他又挨着我站了好一阵。我看着他的黑牛仔裤、黑T恤、肮脏的指甲和黑眼睛。日子久了，我才发现没人理会穆罕默德。在阳台上一番交谈后，他经常瞅我一眼，看我在什么地方。也许我让他觉得安心。

来这里的第三天，我出去散步。一条水泥路通往一片树林深处，沿小路走去，树林尽头是高大的楼宇。天高云淡，天气和叙利亚无异，也许稍微冷些。因为污染，天雾蒙蒙的，尤其是早晨，水面、街头飘浮着灰色的浓雾，雾不如冬天的霜清爽、干净，充斥着城市的尘嚣和人情冷暖。

第四天，埃利亚斯决定和我一道出去散会儿步。除了偶尔聊几句天气，他难得开口。每天聊的也都大同小异，无非是些微不足道的变化，比如"今早的雾浓些"，要不就是"今晚的风大了"。他总是说些一眼就能看见的事，天气成了我们的头等大事，我们等着风浪平息，继续我们的旅程。

走着走着，我注意到了别的东西，比如猫，看到猫，我又想起了阿勒颇。它们懒洋洋地醒来，整天伏在暗处等吃的。还有街头冷不丁蹿出的流浪狗，邋里邋遢，一身受伤、生病或事故留下的新伤旧痕。它们一色的浅褐色，偶尔有一两只深褐色的猫，看不出分别。狗徘徊在餐馆后的胡同、小巷，等着人施舍一盘残羹冷炙，或者在熙熙攘攘的街头穿梭。晚上，伊斯坦布尔的野狗常常呼朋唤友，在城里撒欢。到了早晨，它们则蜷缩在塔克西姆广场咖啡馆前的桌椅下。它们只是躺下来打个盹，恢复忙活了一夜消耗的体力。街头的行人行色匆匆，大部分人对它们视而不见。狗却不然，它们睁着半月形的眼睛，脑袋枕着爪子，看孩子们在车流中穿梭，敲车窗，卖力地将瓶装水推销给来往的司机。

我经常看见一家人徘徊、穿梭在街头。有的光着脚，走累了就在人行道席地而坐，休息片刻；还有的难民在集市摆摊，兜售手机充电器、救生衣和香烟等必需品，攒去下一站的路费。

我时常忘了我是其中一员。我就像一条流浪狗，每天坐在同一张长凳上，看黄色的出租车绕过开满了虞美人的转盘。我贪婪地嗅着烧烤店和烤肉铺里烤肉扦子在柴火里发出的香味，刚出炉的或由每天沿街兜售的小贩推着的面包圈喷香扑鼻。玻璃展示柜里陈列着生汉堡，一身传统服装的女人在沿街店铺的橱窗里现做法式薄煎饼。我观察难民小孩如何适应环境，掌握生存技巧。这些小生意人，幸运人。如果见到伊斯坦布尔的大街小巷，集市上的小摊，与贫民区和犹太人区一路之隔的伊斯迪卡尔沿街的餐馆和路灯，萨米的小脑袋里会冒出什么念头？他会拽着我的手跑进巧克力店吗？阿芙拉最爱逛的是时装店、书店和糕点铺。

到了蛇头的公寓，阿芙拉又不愿外出了。每次散步回来，我都要和她聊土耳其的建筑、街头的汽车、喧嚣的大街、食品和流浪狗。如果带了零钱，我会为她带一个芝麻面包圈。她爱吃，尤其是热乎乎的面包圈，她将面包圈一掰两半，分一半给我。阿芙拉从来不愿一个人吃独食——那是她一贯的风格。我没提街头的孩子，不希望她脑海中浮现出他们，为他们所累，害她深陷心中逃不脱的坑道，不能自拔。

每到晚上，流浪狗纷纷走上街头的时候，阿芙拉便心绪不宁。她和另外几个女人住在隔壁，每晚她都要在手腕和脖颈抹上玫瑰香水，就好像一会儿要出门。我不得不和另外十个大男人共处一间卧室。我想念阿芙拉。这些年来，头一回我不能陪在她身边。我想念她轻柔、均匀的呼吸。我想念她手捂着我的胸口，摸我的心跳。我惦记我的妻子，夜夜失眠。我知道，到了晚上，她偶尔会忘了自己不在阿勒颇。她心里产生错觉，推门来到走廊。我听出她走在地砖上的脚步声，连忙起来赶到过道去迎她。过道一边是一排长窗，天花板吊得高高的。

　　"努里，是你吗？我睡不着。你也醒着？"

　　"我醒了。"

　　"我睡不着，想出来走走。"

　　"天太晚了，再说不安全。我明天陪你去。"

　　"我想去看看卡米德和他凉在晾衣绳上的大裤衩。"

　　卡米德是阿芙拉的叔祖父，和我们住一条街，他家门口是一片旱地，挂一架铁秋千和滑梯。傍晚，阿芙拉经常带萨米去荡秋千，拿卡米德的大裤衩打趣。

　　我双手捧着她的脸，吻她的一个眼皮，然后再吻另一个眼皮。私底下我希望我能吻杀她，吻得她长眠不醒。她的心思吓坏了我。她看得见的、想得起的，都藏在她的眼底。

　　过了几天，我出门去找工作。街头推销救生衣和香烟的难民太多，大家都没有执照或许可证，都属于非法打工。我没费多少力气便找到了一份洗车的工作。埃利亚斯过来给我搭手。我们一道工作，擦去车身上城市的烟尘和灰尘。我们偶尔从鞋盒或手套盒顺手拿点顾客不会注意或不太在乎的小东西——成包的口香糖、喝过的瓶装水、零钱。埃利亚斯从烟灰缸收走烟蒂。洗车店老板是一位六十岁的土耳其人，一天抽三包烟，对我们却吝啬得很。我们来伊斯坦布尔已经三个星期，天气依然没有好转，一点外快和打发时间的差事，对我们不是坏事。

一天下午，洗车收工后，我沿塔克西姆广场逛到一家网吧。我的手机坏了，我想看看穆斯塔法是不是想办法联系我。我心里有数，只要他活着，活得好好的，他一准会给我发邮件。我不会看错。进了邮箱，我看见他发来三封电子邮件。

* * *

亲爱的努里：

盼你能收到我写给你的这封信。我每天都惦记你和阿芙拉。不辞而别，我实属无奈，也觉得过意不去。如果我不走，他们会找到我，置于我死地。愿得到你的理解和原谅为盼。

我每天都纳闷我们怎么生在这个世界，生活何以如此残酷。大多数时间，我都不愿苟活。我深为这个念头所苦，我独自一人承受煎熬。我深知，这里的人无不深陷于自己的苦楚之中，不能自拔——一位男人抓着膝盖，哼着小曲，彻夜晃个不停，努里。他哼的那首摇篮曲让我黯然神伤。我想问他当初为谁唱的这支曲子，抑或为他唱这支曲子的是谁。可我不敢听他的回答，于是我不断地递香烟给他，我只能这么办，因为他只有抽烟的时候才能消停几分钟。我要是能失忆该有多好，我希望我能忘却最近几年我了解和看到的这个世界和一切。幸免于难的孩子们，他们将会有什么样的结局？他们如何在这样一个世界生活？

旅途并非一帆风顺。我取道土耳其、希腊，之后越过边界，进入马其顿，可那里的情况日益复杂——我被捕，被驱逐出境，被送上一辆去保加利亚的火车，如今身在一个设在树林里的难民营。我是借在这里结识的一个小伙子的手机发的这封邮件。这里到处都是大帐篷，睡的是一张挨一张的双层床。我觉得只要起一阵风，就能把帐篷和床一股脑儿掀翻。难民营附近有一个火车站。来往车站的都是老式火车，大家争相跳上车，指望乘车去塞尔维亚。我迄今不曾想过跳上一列这样的火车。

送饭的推车刚来，我们等着打饭，沙丁鱼和面包。这是我们每天的伙食。如果能有幸逃出这里，我这辈子不会再碰沙丁鱼。

盼复。祈祷你们平安。

表兄　穆斯塔法

2015年11月22日

★ ★ ★

亲爱的努里：

我现在在塞尔维亚一个难民营，它紧邻一家工厂。这是一个地处铁路尽头的工业区。我现在到了铁路的尽头。但愿这不是一个坏兆头，但愿我不会止步于此。我从保加利亚登上一列火车，火车开了一天一夜，将我带到紧邻一座村庄、四周围了铁丝网的一个难民营。我出不去——难民营有看守，难民按序离开。车站没有月台。长途汽车开来，我看见人们爬一架梯子上去，他们离开了难民营。难民营有一位失语的姑娘——她想必十七八岁吧，她母亲每天为她祈祷，希望她能开口说话。姑娘张开嘴，却发不出声。我不知道禁锢在她心里说不出来的话是什么。她和那天在河边哭着要爸爸的男孩截然相反。可谁知道这位姑娘经历了什么苦难，目睹了什么惨剧？

这里太安静，可安静中充斥着喧嚣和愤怒。我刻意回想蜜蜂的叫声。我闭上眼睛，刻意寻找一丝启发，想象那片田野和蜂房。随后我记起的却是火，我想起了菲拉斯和萨米。你我的儿子去了蜜蜂去的地方，努里，那里鲜花盛开、蜜蜂飞舞。在那里，有真主为我们保佑他们平安，等此生走到尽头，我们再父子团聚。

我累了，努里。我过够了这种日子，我想念我的妻子、女儿。她们母女俩在等着我，我不敢说我能不能见到她们。母女俩在英国安好，等着获准避难。如果能通过，我去了也不必太费周折。

我必须前行，如果你在读这封信，那我劝你不要气馁。钱能省则省——蛇头千方百计地搜刮你，但请你记住，前方的路还很长，你必须学会讨价还价。人不像蜜蜂，人并不互相协作，没有真正的大义感——我如今终于明白了这一点。

告诉你一个好消息，我一个星期没吃沙丁鱼了。我们在这里吃的是奶酪和面包，隔三岔五还加一根香蕉。

穆斯塔法

2015年12月29日

最后一封邮件是用英语写的：

亲爱的努里：

我在临近德国边境的一座奥地利军营待了一天。奥地利相关部门的人员审查了我们，取了指纹，然后将我们送到了德国一家山区青年旅社。这里的冬天异常寒冷——我们住在山巅的一栋老屋里，头顶是流云，四周是白雪。此情此景，我不禁想起了外黎巴嫩山脉，想起了我的父亲和祖父，想起了跟他们在养蜂场了解蜜蜂的日子。但这座山阳光明媚，可以俯瞰大海。绵延的山峦静谧、白雪皑皑，不知起于何处，止于何方。

我想去法国。一位好心的看守答应用他的手机帮我发一封电子邮件，为我写了这封信。我又给我妻子发了一封电子邮件，她还在等着我，为我祈祷。我为她祈祷，也为你和阿芙拉祈祷。未收到你的回复，但我不愿胡思乱想。

你的好友　穆斯塔法
2016年1月20日

我呆坐了片刻，猜想他离开德国之后的情况。现在是二月初，他是否到了法国？是不是活着，是否安好？我回想我第一次去山中的养蜂场，是的，那里阳光明媚，放眼望去，山下的湖水波光粼粼。穆斯塔法陪我参观，他当时还年轻，年近三十吧，我不过十八岁。他穿着短裤和人字拖，全然不将蜜蜂放在眼里。

"你不怕吗？"我战战兢兢，东躲西让。

"我懂它们呀。"他答道，"我知道它们什么时候发怒。"

"你怎么知道的？"

"它们释放味道和香蕉一样的信息素。"

"香蕉味？！"

他点了点头，对我的反应非常满意。"别的蜜蜂闻到了，就知道它要进攻了。"

"它们要是被惹火了的话，你怎么办？"

"我静静站好，一动也不动，佯装自己是一棵树。"

他随后站好，仿佛一尊高大的雕像。他手遮着眼睛，笑了。我学他一动不动地站好，屏住呼吸看几百只蜜蜂围着我飞舞，或者说感觉有几千只蜜蜂绕着我嗡嗡飞舞，围着我编织一条看不见的网，将我团团包住。可一只蜜蜂也不落到我身上。

"你瞧，"他压着嗓子说，"你瞧，你要放松一点，自然一点，这样就没事了。"

亲爱的穆斯塔法：

自从你一月发了最后一封信，至今杳无音讯，不知你是否到了法国。我唯愿你此刻已身在英国，和你的妻女团聚。我记得第一次去山里参观蜂房，此情此景，依然历历在目。我们当年太年轻，不知今后的日子，可就算当年知道，我们又有什么办法？我们怕是吓得活不下去，吓得战战兢兢，不知何去何从。我真希望重返当年，我站在那里，蜜蜂绕着我飞舞，我争分夺秒地学习，它们不是我的敌人。

我现在在伊斯坦布尔。我、阿芙拉和另外二十个人待在蛇头租的公寓里，等着去希腊，可现在风太大。这里有一个小男孩，和萨米一般年纪。他孤身一人，我不知道他的家人出了什么变故。我不敢往下想。他信任我，我现在照顾他。

我知道前方的路很长。有时候我觉得再也迈不动一步，可我心中怀着一个到英国和你们相聚的梦，是这个信念支撑我前行。我手里有钱和护照。看到有些人一无所有，我觉得庆幸。盼复。

努里
2016年2月1日

我当晚回到蛇头的公寓，将找到的东西都送给了穆罕默德：几包口香糖、几枚硬币、一把铅笔刀、一支钢笔、一枚钥匙扣、一根胶棒和一幅地图。

穆罕默德最喜欢的是地图。他将地图铺在地上，小手指指着地图上的公路和山峦。他从阳台的花盆里找来小石头，拿钢笔在石头上画人脸。他画了一家人——父亲、母亲、奶奶、一个哥哥和两个姐姐，他推着他们划过地图，就好像他们走在路上。晚上，我发现他趴在地图上睡着了，我抱起他，扛在肩头上，带他回卧室。我轻轻地将他放在毛毯上。穆罕默德一动不动，沉浸在自己的梦中。

　　"我们就要走了。"第二天晚上，我对埃利亚斯说。他站在阳台上，仿佛一尊古老的雕像。他新开了一盒香烟，抽出一支叼在嘴里，点上火，盯着远处的树林。他现在吃得好，干得多，身上有了肉，不难看出这位汉子原来的体质。

　　"蛇头说还要等两天。"

　　埃利亚斯陷入了沉思，抽完了一支烟，又点上一支，才说道："我不想走了，我就待在这里。"

　　"你不是已经付了蛇头钱吗？你待在什么地方？"

　　"看吧。你不用为我操心。我不想走了——我已经走得太远，我没力气了。"他眼中尽是伤感，笑意却非同以往。他脸上有了生气，由内而外透着活力。我们默默地在阳台上站了许久，听猎猎的晚风、车声和狗叫。

阿芙拉一早醒来，问我为什么闻到了花香。

"可能是你抹的香水吧。"我说。

"可我闻到的不是玫瑰呀，淡淡的香味，好像鲜花。"她手伸向床头柜，我这才想起那钵钥匙。她手摸到那只钵后坐了起来，将它放在膝头，欠过身子，深吸一口气，然后将手抄进钵里。我这才发现钵里装的不是钥匙，而是几捧白花。

"你为我采的吗？"她问。

"是的。"

"你又送了我一件礼物！"朝阳照亮了她的眼睛。我不愿见到这一幕，我不愿见她这样，却说不出所以然来。我翻身下床，拉严窗帘，看帘影掠过她的脸。"你有一阵子不给我带礼物了。"她说着，将花捧向脸，嗅着花香，一抹微笑仿佛淡淡的花香，浮上她的嘴角。

"谢谢你。"她说，"你在什么地方采的？"

"花园里有一棵树。"

"花园大吗？"

"不大，是一座小花园，和天井无异，大部分是水泥地面，但种了这棵树。"

"我以为这辈子你都不会再给我带礼物了呢。"

她将钵放回床头柜，又摸了摸，发现弹子还在，这才放心。我扶她去卫生间，看她坐在马桶上刷牙，然后帮她穿衣打扮。我从衣架上取下长袍，套进她的胳膊，长袍罩住她的身子，遮住她隆起的小腹，剖腹产留下的疤痕——一道横贯下腹的永恒的微笑，遮住她大腿纤细的绒毛。我闻着她的体味——玫瑰花和汗味。伤疤和小腹周围皮肤的皱褶始终提醒我，她怀过我们的孩子，将他带到人世，可我不愿碰她。我替她绾上头发，裹上头巾，按她的指引别上发夹。我小心谨慎，不敢贸然推开她的手指。那抹笑意依然流连在她的嘴角，我不愿坏了她的兴致。我不敢相信我的一件礼物竟然有让她笑的魅力，即使这份礼物太轻，微不足道。那些日子，我盼着自己能打动她，让她的眼睛恢复生气，如今我却不愿有这种本事，因为这无异于她爱我，一直希望我也爱她。我配不上她，不配她原谅。

那天傍晚，我们和露西·菲舍尔又见了一面，我们重回原来的一幕，分坐在餐桌的两边。阿芙拉依旧别过脸，双手互扣着放在桌上，对着窗外出神。

露西·菲舍尔今天心情好像不错。她带来了证明我们申请避难的文书。她办事干净利落，在活页文件夹上打钩，飞快地做笔记。

"幸好不必为你们找翻译。"她那双蓝色的大眼睛飞快地瞥了我一眼，心不在焉地说。她今天披散着头发，一头柔顺的秀发让我想到了羽毛，不像阿芙拉的头发，又粗又厚，乌黑如焦炭。

我喜欢露西·菲舍尔的聪慧、恬静。她办事井井有条，并且以此为傲。如果事与愿违，她脸颊绯红，显得越发妩媚。不知道她是否清楚这一点。此刻，她镇定自若，脸色平静，仿佛一位播音员，语气平静自如。我想起她那天的反应，猜想她见过多少人，亲手遣返了多少人，人家问过她多少问题，将她看作惊涛骇浪中的一艘救生艇，眼巴巴地指望着她。

"你们要遣返那位摩洛哥人吗？"我问。

"你问的是哪一位？"她说。

"那位老头儿。"

"哈齐姆？"她说。

"对。"

"不瞒你说，这是机密。我无权谈论任何委托人的情况。你的也不行。"她冲我嫣然一笑，合上文件夹，然后说："所以你要做的是拿这封信去医生办公室，这上面有地址。"她指着地址。"你没问题。"她说，"到了那里，你可以为你妻子预约，也可以为你自己预约一个时间。你最好做一个简单的体检。"她瞥了一眼阿芙拉，我看得出我妻子的不安。

"我们什么时候面试？"我说这话是希望将她的目光引向我。

"一确定避难面试的时间，我就联系你。我劝你现在就着手准备。想想你的经历，你如何来的英国，一路上的遭遇。你会被问各种问题，你要有所准备，做到心中有数，因为这些问题从感情上难以回答。"

我不吭声。

"你想过吗？"

"想过，"我说，"当然想过，我一直在琢磨这件事。"我再一次发现她真性情的一面，而不只是一个照本宣科的播音员。

她抬手用手背揉了揉眼睛，和年轻女孩家家一样，揉花了脸上的妆容。"他们无非是抓住一件事不放罢了，"她说，"如果你说得前言不搭后语，格外如此。"

我点了点头，觉得有些担心，但她好像没注意到我的担心。她看了一眼手表，告诉我们会见结束了。我和阿芙拉起身离开。

她下一位见的是迪奥曼德。我们让他进门，他进去坐了下来，T恤下戳着折起来的翅膀。他比我健谈得多。操着一口蹩脚的英语热情地打了个招呼，随即侃侃介绍他是什么地方的人，一路上的遭遇。露西·菲舍尔还没开口问，他就叽里咕噜说个没完。即使到了走廊的尽头，我还能听见他的声音，仿佛脱缰的野马，一个劲儿地东拉西扯。

阿芙拉说她累了，于是我扶她回卧室。她坐在床沿，和在阿勒颇的家中一样，面对着窗户。我看了她一会儿，想安慰她几句，却又不知从何说起，便又下楼去了。

摩洛哥人不在客厅。我估摸他白天出门去各家店铺转悠，跟人家搭句话，学几个新单词，沿途观察、了解一些新鲜事物。客厅里坐着几个人，戴手工头巾的阿富汗妇女拿一根蓝线不知编什么东西。大伙儿无所事事，只能坐在客厅看电视。电视上一个长着金鱼眼的政客侃侃而谈。

我们无法对任何人采取安检，这无异于无条件敞开国门……炸弹袭击杜塞尔多夫[1]的阴谋已经败露，对，一桩与巴黎或布鲁塞尔手法一脉相承、非常非常令人担忧的大规模袭击阴谋。这些家

---

1 德国城市。

伙全都谎称难民进入德国。

我面红耳燥，换了一个台。

这家伙承认六次出轨！都是在休假时间！你们想要他滚蛋吗？！女士们、先生们！欢迎收看《杰里米·凯尔秀》，我是艾希礼。

我关了电视，客厅顿时陷入了沉默。似乎无人在意。

我信步走向电脑桌，坐了下来。我想起那场大火之前阿勒颇的养蜂场，如云的蜜蜂嗡嗡地哼着自己的歌，在大地上飞舞、盘旋。我恍若看见穆斯塔法从蜂房里取出一片蜂巢，仔细看看，手指蘸一蘸蜂蜜，放进嘴里尝一尝。那是我们地处沙漠边缘、荒郊野外的一方乐园。

我盯着我在黑屏幕中的脸，琢磨如何下笔——穆斯塔法，我觉得不好。我梦已碎。

老板娘走进来，拿一把金黄色的掸帚打扫客厅。她踮起穿松糕鞋的脚尖和消瘦的大象腿去够墙角的蛛网，我起身从她手中接过掸帚。那天下午，我打扫了客厅的四壁、桌子、橱柜，以及楼上所有敞着门的房间，无意中窥探了其他房客的生活。有人整理了床铺；有人却不管不顾，房间里乱七八糟；有的床头柜上摆着小摆件，梳妆台上放着过去生活留下来的珍贵纪念、照片，照片没有相框，就靠在梳妆台上。这些东西，我一概不碰。

摩洛哥人的房间收拾得干净整洁，衣物、被褥叠得整整齐齐，梳妆台上放着一瓶剃须膏，连剃须刀片都排得规规矩矩。一张黑白照片中一个女人站在花园里。照片褪了色，边角已经发白，一枚小小的金婚戒紧挨着这张照片。另一张照片上是同一个女人，是几年后拍的，同样的眼睛和笑容。她坐在一张柳条椅上，怀里抱着一个婴儿，旁边站着一个蹒跚学步的孩子。又一张照片是全家福，光面相纸，拍于多年后：一名男子、一名妇女和两个少年。最后一张是一个女人站在海滨，身后是大海。我翻过照片，上面写了一行阿拉伯文字：

爸爸，我最喜欢的地方。我爱你，X。

我下了楼，觉得楼下前所未有地沉闷，决定出去走走。我走向那家便利店，走在街上，远远就听见阿拉伯音乐。尽管我不熟悉播放的歌曲，但它仿佛带我回到了家乡。我走进小店，置身这种音乐的调子和节奏、母语的氛围，我觉得踏实。

"早上好！"店主用英语打了一声招呼。他口音纯正，站得笔直，好像在捍卫自己的领地。店主是一位中年人，脸刮得干干净净。他调小音量，眼睛跟着我。我盯着《泰晤士报》《每日电讯》《卫报》《每日邮报》这几份陌生的报纸出神。

"今天是个好天气。"他说。

我正要用阿拉伯语回答，可又不愿和这个汉子多谈。我不希望他问我从什么地方来，一路上受的波折。

"是的。"我最后说。他笑了。

我注意到杂志的下方，货架的最后一层放着一本速写本和一些彩色铅笔。我口袋里有零钱，于是为阿芙拉买了下来。男子乜着眼睛看了我几眼，张嘴说了几句。店铺后一个女人喊他，我趁机告辞。

向晚时分，摩洛哥人回来了，一进门就喊我的名字。

81

"努里！努里·易卜拉欣先生！快来，我送你一件礼物！"

我走出客厅，见他站在过道里，乐呵呵地捧着一个放着五棵植物的木盘。

"这是什么？"我问。

"我攒了几个钱，到街头找小贩为那只蜜蜂买了这个！"他将托盘塞进我的怀里，推着我穿过客厅，走向露台门。他捡起一个翻倒在天井角落里的塑料桌，用手揩去桌面上的污垢和枯叶。

"行，"他说，"就搁这儿吧！"然后站在一旁赏花——草木樨、蓟和蒲公英。"小贩教我挑花，告诉我蜜蜂喜欢的花。"他回厨房端来一浅碟水，将花盆排成一排，这样一来，蜜蜂不用飞就能从一盆花爬到另一盆，他将浅碟放进托盘。

"我估计它会口渴。"他说。

我呆立了许久。只见他瞪大眼睛看着我，等我将蜜蜂安顿在它的新家，见我热情不高，他眼中掠过一丝失望。阳光明媚，站在树下对着几盆花，我突然想起了我的父亲。那天我告诉他，我不愿接管家族生意，对卖布不感兴趣，他脸上的表情我至今记得。我希望和穆斯塔法侍弄蜜蜂；我希望回归自然，在野外工作；我希望感受脚下的大地、洒在脸上的阳光，听蜜蜂嗡嗡地吟唱。

我看着在那间黑洞洞的小铺子里辛苦了一辈子的父亲，看着他那终年累月与剪刀、针线、皮尺打交道的肿胀的指节，周围印在绸缎、亚麻布上五彩缤纷的世界、沙漠、河流和森林。"这块料子做窗帘，你好像看到了夕阳下色彩斑斓的哈马德？"这是他对顾客说的，而对我，他却说："拉上窗帘，努里！拉上窗帘，别让太阳晒到布料。"我还记得我告诉他，我不愿在小黑窟窿里过一辈子的时候，他的眼神。

"你不喜欢？"摩洛哥人问。他双眉紧锁，换了一副表情。

"我喜欢。"我说，"谢谢你。"

我将手伸向蜜蜂，它爬上我的手指，然后我将它放在它的新家。它审视着花朵，从一个花盆爬向另一个花盆。

"你为什么到这里来？"我问摩洛哥人，"你在英国做什么？"

他挺了挺肩膀，退后一步看着木箱。"我们进去吧，你明天再过来看它吧。"

进了客厅，他往扶手椅上一坐，翻开书。"这里的人把排队看得比什么都重要。"他对我说，语气中透着一贯的笑意。

"请问你的家人在哪里？"我说，"你送我的花，让我想起了叙利亚，我问你为什么来英国，你却不理我。"

他合上书，盯着我的眼睛。

"登上那艘开往西班牙的船，我就知道不管我还剩几年活头，我死也够本儿了。可我的孩子们想走，他们希望寻求更好的生活。我不想一个人在国内了此残生。他们怀揣着梦想，年轻人还有梦想。他们申请不到签证，国内的生活越来越过不下去——出了问题，太多……于是他们转而偷渡，这很危险。我们想一起走，可我儿子和女儿被带进一家收留孩子的青年旅社。他们也在等，我女儿……我女儿……"他不说了，我看见那双小眼睛，埋在皱纹里的小眼睛炯炯有神。我觉得他是那么陌生。我没再多问。

迪奥曼德在楼上自己的卧室。露西·菲舍尔走后，他上楼关上门，再没出来。等摩洛哥人和其他人都各自回房，我才推门走进天井。我走近感应器，灯亮了，只见蜜蜂翻过蒲公英，爬进它的新家。

　　这时候，树上的花吸引了我的注意。树上开着成千上万的碎花。我转过身，盼着能见到躲在天井幽暗角落里的穆罕默德。我跪下来，扒着篱笆向缝外望去，想看看灌木和树的绿叶。随后背倚着树，闭上眼睛，伸腿坐着。除了街上来往的车，周围静悄悄的。我紧紧地闭上眼睛，竖起耳朵，我听到了涛声。滚滚而来的涛声仿佛深吸了一口气，又退了回去。海水涌到了我的身边，犹如一头黑乎乎的怪物舔着我的脚。我仰面躺下，我的身体和思绪被带走了……

……阴沉而汹涌。黑衫黑裤的穆罕默德站在岸边，头顶是夜空，背后是漆黑的海水，几乎看不见。他背对着我，浪舔着我的脚，他的手滑入我的手。阿芙拉就在不远处，面向陆地，而不是大海。一辆大巴横穿土耳其大陆，开了三小时将我们送到这里。大家都抱着救生衣和仅有的行李。蛇头的房子里只有二十个人，车上的旅客却激增到四十。蛇头将临时担任小艇艇长的男子拉到一旁。

昨晚出发的船倾覆，船上的人悉数落海。只有四人获救，打捞到八具尸体。我周围的人谈论的无不是这类话题。

"至少比从利比亚横渡地中海去意大利强。那真是世上最要命的一条海路！"站在我旁边的一位妇女告诉一位男子，"有的尸体都被冲到了西班牙海滨。"

穆罕默德紧紧地抓住我的手。

"唉，"他说，"我怎么跟你说的来着？"

"对，你是说过，可——"

"这么说，这是真的喽。我们可能会掉进海里？"

"我们不会的。"

"你怎么知道呢？"

"因为真主保佑我们呀。"

"他为什么不保佑别人？他格外关照我们吗？"

这孩子问倒我了。我低头看着他。

"对。"

他扬起眉毛。天刮起了大风，掀起阵阵海浪。

"天就像一头怪兽。"穆罕默德说。

"你别多想。"

"明摆着的事，我怎么能不想呢？这不成了你捏着一只腿脚蠕动的蟑螂伸到我跟前，却叫我不要多想？"

"那好，你爱想尽管想，想到你尿裤子。"

"我又不是故意的。"

"你就当自己上了一艘大轮船好了。"

"可我们上的不是大轮船呀，我们要上的是一条橡皮艇。如果掉到海里，渔夫用网把我们打捞上来，他们以为打了一条大鱼，到时候还不得吓死。"

阿芙拉背对着我们，听我们一问一答，却不插话。

我们至少等了一小时，等得坐卧不安。

"这可能是我们最后一次待在陆地上了。"穆罕默德说，"要是能吃个冰激凌就好了，来支香烟也行。"

"一支香烟？你才七岁吧。"

"我知道我几岁。我爸嘱咐我这辈子别抽烟，因为香烟要人命。我琢磨着等我到了七十岁抽一支尝尝。可既然我们今晚就没命了，现在也许正是时候。如果你今晚就要死了，你想吃什么？"

"你今晚死不了，别多想。"

"你说嘛，你最想吃什么？"

"我最想喝骆驼尿。"

"为什么？"

"因为养头发呀！"

穆罕默德哈哈大笑。

我注意到不远处一个妇女盯着我，她的目光掠向我，随即又移开，随后又掠向穆罕默德的位置。她是一个少妇，三十出头的样子，一头和阿芙拉一样乌黑的长发，被风吹散在脸上。她抬手撩起头发，又盯着我。

"你没事吧？"我说。

"我？"她反问道。

我点了点头，她又瞥了一眼穆罕默德，向我走了一步。"因为……"她支支吾吾，"因为我失去了我的儿子。因为……我知道，我知道其中的滋味，心里空落落的，就好像茫茫大海。"

随后她转过身，不再说话。海面吹来的风和她那话的回声渗入我的肌肤，令我黯然神伤。

那个艇长奉命上了小艇，蛇头指向大海，拿手机为他讲解注意事项。大家明白出发的时间快到了，纷纷走向海边，穿上橙色的救生衣。我手忙脚乱地为穆罕默德整好救生衣的带子，然后为阿芙拉套上救生衣。

蛇头招手喊我们过去，大家走向海边，慢吞吞地，一个一个地爬上颠簸的小船。穆罕默德挨着我，安安稳稳地坐着，阿芙拉依然一言不发，一个字不说，但我看得出她的担忧。她的心如此刻阴沉的天空，像波涛汹涌的大海一样忐忑。

蛇头叮嘱我们关掉手机和手电筒。到公海之前，一定不能弄出响动，不能有任何灯光。

"什么时候到公海，"一名男子说，"我们怎么知道。"

"海水会发生变化，变得你不认识。"蛇头说。

"此话怎讲？"

"海水会变色，到时候你就知道了，变得你不认识。"

手机只能艇长开，用作GPS。蛇头叮嘱他跟导航走，如果手机出了故障，就看远处的灯光，跟灯光走。

艇长随后发动引擎，驾驶小艇带着我们一头扎入茫茫夜色。橡皮艇在浪花间吱嘎作响。

"天气没那么坏。"一个孩子说，"压根儿不坏！"小姑娘说这话时扬扬得意，好像我们刚闯过了鬼门关。

"嘘！"她母亲小声斥道，"少说话！人家叫我们别出声！"

一名男子开始背诵《古兰经》的一个章节。小艇驶入大海深处，其他人纷纷跟着背诵，分不清诵经声和风浪声。

我将一只手伸进水里，感觉得到小艇正在前进，海水充满了活力，奔流不息。我们离陆地越远，海水也就越冷。我将另一只手搭在阿芙拉的胳膊上，她毫无反应。她噘着的嘴唇仿佛一只紧闭的海贝。

穆罕默德的牙齿咯咯打战。"我们还没掉下去呢。"他说。

我忍不住笑了。"没呢。"我说，"目前还没掉下去。"

他睁大的眼睛，充满了真正的惊恐。看来他一直对我的盲目乐观深信不疑。

"别担心，"我说，"我们掉不下去。大伙儿在祈祷呢，真主听得见。"

"那他为什么听不见别人的祈祷？"

"我们已经打通了关系呀。"

"我知道了，因为他格外关照我们。我的脚湿了。"

"我的脚也湿了。"

"我的脚冷得慌。"

"我也冷。"

穆罕默德瞥了一眼对面的阿芙拉。"你太太的脚冷吗？"

"应该冷。"

"她为什么不吭声呀？"

穆罕默德盯着她，打量着她的脸、她的头巾、她的衣服、她的手、她的腿、她的脚。我跟着他的目光，不知他的心思，不知他在琢磨什么，不知他的母亲在何处。

"船要开多久呀？"

"六小时。"

"已经开多久了？"

"六分钟了。"

"不对！不止六分钟！"

"那你何必要问？"

"十六分钟！"

"好，你说十六分钟就十六分钟。"

"还剩五小时四十四分钟。我数着。"

"你请便。"

他开始数了起来。数了五分钟，他的小脑袋就靠着我的肩膀睡着了。

我一只手扶着阿芙拉的胳膊，一只手插进水里。我望向茫茫夜色，这片茫茫的大海和天空，天连水尾水连天。这难道就是阿芙拉每天看到的？这混沌的世界。

一个女孩哭了出来。"别哭了！"妈妈说，"别哭了！他叫我们不要出声！"

"可我们到公海了呀！"女孩嚷道，"我现在可以哭了！"

听到这话，母亲笑了，发自内心地笑了，女孩也破涕为笑。母亲好不容易缓过气，说："哪里的话，我们还没到公海呢。"

"你怎么知道的？"

"我有数呀。"

"行。等到了那地方，你要告诉我。"

"好让你哭个够？"

"对呀，我要痛痛快快地哭一场。"女孩说。

"为什么呀？"

"因为我吓坏了。"

"你睡吧。"母亲说。

小艇随后陷入了沉默。听不见祷告，听不见吟唱，听不见人交头接耳。

我也许也睡着了，因为眼前浮现出一幕幕画面：

散落一地、五彩缤纷的乐高组件

黑花蓝底的瓷砖

一袭黄裙的阿芙拉

萨米在客厅用乐高组件搭房子

田野里正午阳光下的养蜂场

被焚毁的蜂房和遍地的蜜蜂尸体

坐在地当中的穆斯塔法

河面上的浮尸

躺在停尸室台子上的菲拉斯

捧着他的手的穆斯塔法

集市上将萨米抱在膝头的阿芙拉

萨米的眼睛

然后是一片黑暗

我被这些没来由的场景惊醒了。

大浪滔天。

一名男人喊道："把水舀出去！积水太多了！"

闪烁的手电筒、往外捧水的手、哭喊的孩子。穆罕默德睁大眼睛，帮忙往外捧水。男人们纷纷跳进大海，小船立刻又浮了起来。

"努里！"阿芙拉说，"你在船上吗？"

"别担心。"我说，"我们在船上。"

"你待在船上，别下去。"

穆罕默德双手不停地捧水，船上的人也都跟着往外捧。那个小女孩哭了起来，她大声喊海里的男人，喊他们上船。

小艇里的水不停地涨，又有几个男人跳下小艇。除了穆罕默德，所有的孩子号啕大哭。手电光掠过的间隙，我看见他严肃、坚定的脸。

紧跟着一片漆黑，手电再次亮起的时候，他不见了。穆罕默德不在船上。我仔细看海面，目之所及，都是黑色的浪，我不假思索地跳进大海。水冰冷刺骨，但浪并不像我以为的那样大，我游了开去，手电光掠过海面，我到处寻找穆罕默德。

"穆罕默德！"我焦急地喊，"穆罕默德！"却听不到回音。

船上传来阿芙拉的喊声。她也在喊，可我听不清她的话。

我在漆黑的海面上寻找，却无法看见黑衣黑裤、黑头发的穆罕默德。

"穆罕默德！"我喊道，"穆罕默德！"

手电光掠过男人们的脸。我一头扎进不祥的沉默，即使开着手电，眼前也一片模糊。我憋了一口气，在水下摸索，希望能摸到什么，哪怕一条胳膊或一条腿。憋到我肺里没了空气，憋到我受不了死亡的痛苦，我才浮出水面，对着夜色和风大口大口地喘气。

我正要深吸一口气，潜入水下，猛一抬头，看到一个男人托着穆罕默德，将他托进小船。女人们接过不停咳嗽、语无伦次的孩子，将他揽在怀里，然后纷纷解下各自的头巾，为他裹上。

我们现在到了公海深处。蛇头说得没错，海面的确变了，罕见的大浪，陌生的节奏。大伙儿随后挥舞手中的手电筒，盼着海岸警卫队看见，希望我们紧邻希腊，有人愿意救我们。夜色中的灯光仿佛祈祷，因为看不见有人来的迹象。水里的人上不了船——船里灌了很深的水。我感觉身体失去了知觉。我睁不开眼睛，希望头枕着奔腾的浪花沉沉睡去。

"努里！"恍惚中，我听有人喊我。"努里！"

我看见天空中的星辰和阿芙拉的脸。

"努里，努里，来了一艘船！"一只手抓住我的胳膊。"努里叔叔，有一艘大船来了！"

穆罕默德低头盯着我，拽着我。我的救生衣漏了气，失去了浮力，但我不停地踢着腿，挣扎着浮在水面，保持我的血液循环。

远处一盏亮闪闪的灯渐渐靠近我们。

-6-

我在天井的水泥地上醒来，发现摩洛哥人盯着我，随后向我伸出手。

"喂，你不要紧吧？"他将我拉起来，用英语问我。然后用阿拉伯语告诉我，阿芙拉在房间等我，她好像比上次更加不安。我上了楼，发现她坐在床上，背对着门，膝头放着那钵花。

"你去哪里了？"不等我开口，她问道。

"我在楼下打了个盹。"

"又在天井里？"

我不吭声。

"你不愿睡我身边？"

这句话，我只当没听见。我拿出速写本和彩色铅笔，放在她的膝头，又捉起她的手放在上面，让她摸一摸。

"又给我买礼物了？"她问。

"不记得你在雅典做的事了？"我说。她微微一笑，却将速写本和彩色铅笔往地上一丢。

"你已经穿戴好了，我要去散一会儿步。你愿意跟我一起去吗？"

我等了一会儿，她站那里不说话，我看得出她无意回答。我独自下楼，出了大门，走上街头。我来到昨天那个孩子垒的沙堡。沙堡已经坍塌成了一堆，沙堆上镶嵌着一块块五彩斑斓的碎片。我捡起一块透明的粉红色塑料片，也许是一块碎茶杯吧，向大海扔去。浪花瞬间吞没了碎片。

一位老妇人坐在我身后的一张帆布躺椅上看书。她戴着太阳帽，头顶撑一把遮阳伞，脚边放一瓶防晒霜。天不知不觉地阴了下来，怕是要下雨了。

不少人在遛狗，一名值班人员在捡垃圾。晴天的结果。战后余殃却另当别论。这地方安静、祥和，给人以日子还在继续的感觉。乐曲隐隐约约地从码头左边的马戏场远远传来。

太阳拨开云层，海面顿时波光粼粼。

"劳驾！"一个声音在我身后说。我转身看见老太太皱着眉头，她皮革一样的棕色皮肤，好像在叙利亚尘土飞扬的平原晒过日光浴。

"请讲！"我说。

"请让一让，你挡住我了！谢了。"我还没动，她就先谢我。英国人的规矩真不好适应——我理解摩洛哥人的狼狈。排队显然是这里的一桩大事。商店里的人排成一列。你最好排队，别挤到前面去，这种行为往往讨人嫌！这是上周那位妇女在乐购[1]告诉我的。可我不喜欢英国人排队的习惯、他们的秩序，不喜欢英国人整洁小巧的天井、精致小巧的前廊和他们在夜间随

---

1 英国连锁超市。

着电视闪烁的飘窗。这些无不让我想到他们从未经历过战争，想到家乡无人敢在客厅或阳台看电视，被摧毁的一切又浮现在脑海中。

我打听了去全科医师诊所的路，诊所地处一座背街的山坡，一条小路通往海滨。诊所里尽是得了感冒的孩子。一位母亲托着一张面巾纸，叫儿子擤鼻涕。另外几个孩子在屋角的一块垫子上玩玩具。大人看杂志，或盯着屏幕，等着叫号看病。

我走向服务台。我前面排了五个人。地上横着一条黄线：请在黄线外排队等候。

排我前面的女人递给接待员一瓶尿样。接待员推了推碎发卷中的红框眼镜，查看了尿样，往电脑里输入几行字，将那瓶尿样封入一个玻璃纸袋，喊道："下一位！"

我花了将近十五分钟才排到号，我将准备好的避难申请文书放在桌上，她放下眼镜，架在鼻梁上，仔细看了一遍。

"你挂不了号。"她说。

"为什么？"

"因为避难申请文书没写地址。"

"看病为什么还要地址啊？"

"为了给你登记，我们要看地址。"

"我可以告诉你。"

"地址要在文书上注明。请你把准确的文件准备齐全再来。"

"可我太太要看病呀。"

"不好意思，先生。"她说，"这是我们的规定。"

"可英国国民保健署的指导准则明明规定，一家诊所不得因患者提供不了身份证或地址而将其拒之门外。"

"不好意思，先生，"她说着，将眼镜推进发卷，嘴抿成了一条线，"这是我们的规定。"

排我后面的女人委婉地咂了一下嘴。前台充满歉意地将文件推向我。我呆立在前台，盯着文件，那一刻，我不禁悲从中来。这不过是一张薄薄的纸。这不过是诊所的一张前台。可大伙儿的闲聊声，人在我身边走动的声音，前台后几间小诊室里响起的电话铃声，孩子们的欢笑声……在我耳中，无异于一枚撕裂天空的炸弹，玻璃震颤……

"你不要紧吧，先生?"

我抬头望去，只见眼前一闪，随即听见哗啦一声。我慌忙捂住耳朵，跪在地上。我觉得一只手拍着我的背，随后递过来一杯水。

"真不好意思，先生。"见我站起身，喝完水，前台说，"我也是没办法。能不能请你准备齐文件再来?"

我沿原路返回客栈，一条岔路通向海边，路两边是清一色鳞次栉比的褐色砖房。

阿芙拉又上了床，手里捧着几朵花。我跪在她面前，盯着她的眼睛。

"我想你陪我躺一会儿。"她说。她的言外之意却是："我爱你，请你搂着我。"她脸上是我很多年前就熟悉的表情，它使我的伤感仿佛脉搏，可以触摸，它让我害怕，我怕命运和机会，伤痛和伤害，怕不期而至的伤痛，怕生活中不知怎么就突然失去了一切。尽管刚过中午，我挨着她躺在床上，任她搂住我，手掌按着我的胸口。可我不愿碰她。她想抓住我的手，我挪开了。我的手属于另一段时光，那时候，爱我的妻子是非常率真、简单的事。

　　我一觉醒来，天已黑了，黑夜在搏动。我做了一个梦，可这回梦到的不是凶杀；我脑海中，闪现出走廊、楼梯，远处是纵横的小路，清晨的天空红似……

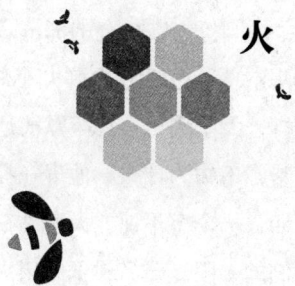

……闪烁，在拂晓的海滨。我们如同被冲上岸的浮木，被丢弃在法尔马科尼西[1]这个弹丸小岛的军事基地。我们浑身湿透，瑟瑟发抖，太阳刚出。穆罕默德还裹着女人们的头巾，小脸冻得乌青发紫，不知为什么，他现在抓住阿芙拉的手不放。虽然两个人不说话，一个字不说。大家站在海边，身后是大海和跃出海面迎接他们的太阳。一名男子收集大家穿的救生衣，生了一堆大火。我们围着火堆烤火。

"我掉进海里啦。"穆罕默德说着，伸手够我的手。

"我知道。"

"我死了一小会儿。"

"幸免于难。"

---

1 希腊岛屿，位于爱琴海东部，由南爱琴大区管辖。2015年和2016年，法尔马科尼西岛附近海域发生多起难民船沉没事故。2016年1月22日，法新社报道，希腊海岸警卫队表示，当地时间22日，三艘载有难民的船只在法尔马科尼西岛和卡洛利姆诺斯岛附近海域沉没，44人遇难，数十人失踪。遇难者中，有8名儿童。

"可我死了一小会儿呀。"

"你怎么知道的？"

"我看见了妈妈。她在水里抓住我的手，拉我，使劲儿地拉我，她叮嘱我不要睡觉，一旦睡着，就永远睡过去了，不会再醒过来，没法玩儿了。所以我觉得我死了一小会儿，可她叮嘱我不能死。"

我不知道他母亲的遭遇，我也不愿问。非政府组织显然准备另派一艘船来接我们，将我们送往另一个小岛，这段时间，我们只能在海边等。海边有一个大集装箱，但挤满了人，听说他们昨晚早我们一步从土耳其远道来的这里。他们原打算去另一个岛，可惜发动机坏了，船漂到了法尔马科尼西。海岸警卫队发现了他们，将他们带到了这里。几名汉子和孩子过来与我们搭话，围着火堆烤火。

"努里叔叔！"穆罕默德说着，嘴一咧，露出了一个豁牙，"这里叫饼干岛！从集装箱过来的那个女孩告诉我的！"

早晨天气阴冷，海鸥和鹈鹕掠过海面。在这片安稳的小岛，沐浴着火和阳光的温暖，大家纷纷睡去。穆罕默德仰面而卧，却睡不着。他盯着广阔的蓝天，眯着眼睛对着刺眼的阳光。他拿着小弹子，在手指间转来转去。阿芙拉坐在我另一边，脑袋挨着我的肩膀，手紧紧地抓住我的胳膊，好像生怕我悄悄撇下她而去。她紧紧地抓住我，睡着了也不肯松手。我记得萨米小的时候，也是小嘴含着阿芙拉的乳头，一只小手攥着她的头巾。我们从出生那天起爱一个人，依恋一个人，就好像依恋生活，着实令人称奇。

"努里叔叔？"穆罕默德喊了我一声。

"你说。"

"你能给我讲个故事吗？我好睡觉。以前睡不着，妈妈便给我讲故事。"

我记得小时候母亲经常给我讲的故事，那时我睡在一间铺蓝色瓷砖的小屋。我记得她头埋在书里，右手摇一把红扇，吃着考尔乌什考，她最爱的一种阿勒颇甜点心。

"你快说呀，努里叔叔！"穆罕默德催道，"你要不快说，我都快睡着了，听不到故事了！"

我突然被这个孩子惹急了。我希望沉浸在自己的记忆中，听母亲亲切地细语，看灯光下挥动的扇子。

"如果你睡得着，为什么还要听故事？"

"我能睡得香呀。"

"那好。"我说，"话说一位贤明的哈里发[1]差手下——具体多少我不记得了——去人迹罕至的茫茫大漠寻找神秘的青铜之城。他们一路历经艰险，耗时两年零几个月。我记得官吏带了一千峰骆驼和两千名骑兵。"

"很多了！可他们要一千峰骆驼干什么呀？"

"谁说不是呢，可故事是这么说的。他们走过一片荒无人烟的土地，经过废墟，穿过一片热浪滚滚、没有水和声音的沙漠。"

"怎么会没声音呢？"

"没有就是没有。"

"为什么——没有小鸟、风，也听不见人说话？"

"什么都没有！"

穆罕默德一骨碌坐了起来，反而来了精神。我也许不该说这

---

1 阿拉伯语音译，意为"继承者""代理者"，是中世纪政教合一的阿拉伯国家和奥斯曼帝国的国家元首。

个故事。

"你快讲呀！"

"好。"我接着讲道，"有一天，他们来到一片辽阔的平原。天边隐约浮现一座高大、黑黑的建筑，烟雾冲天。他们走近再看，原来是一座城堡，黑砖建的城堡，还有一扇大铁门。"

"哇！"穆罕默德好奇地瞪大眼睛，连声惊叹。

"你现在不瞌睡了？"

"不瞌睡了。"他说着，摇着我的手，催我快讲。

"好。城堡后面就是黄铜之城，由高耸入云的城墙保护着。城里有金碧辉煌的清真寺、穹顶和尖塔、高塔和集市。你能想象得出吗？"

"能。真漂亮！"

"非常漂亮，闪亮的铜、珍珠、宝石和黄弹子。可惜……可惜……"

"可惜什么呀？"

"可惜是一座空城。静悄悄的，听不见动静。店铺、街上看不见一个人……空荡荡的。这地方死气沉沉。生命好像无用的灰尘。这里什么都种不出，什么都改变不了。"

"为什么呢？"

"你听我说呀。城堡中央是一座穹顶高耸入云的大亭子。他们走向一张桌面刻着字的长桌。桌上写着：'一千位瞎了右眼的国王、一千位瞎了左眼的国王和一千位双目失明的国王在这张桌子上吃过饭，他们都离开人世，被埋进墓穴和地下官殿。'凡是统治这座城堡的国王都因为这样或那样的缘故瞎了眼睛，所以留下一座富丽堂皇却没有人烟的空城。"

我观察穆罕默德的脸，看见他眼底闪过的念头。一阵犹豫，他好像屏住了呼吸，接着长舒一口气。

"真是一个非常悲惨的故事。"

"对，是一个悲惨的故事。"

"你说的是真事吗？"

"真的，你说呢？"

"和我们家乡一样？"

"对呀，就好像我的家乡。"

穆罕默德躺了回去，翻身对着熊熊的火，闭上了眼睛。

看见袅袅飘入晨空的烟，穆斯塔法在收获的季节熏蜂群的一幕浮现在我的眼前。到了割蜂蜜的日子，我们熏烟保护自己不被蜜蜂蜇。蜜蜂互相闻不到信息素，也就不会为了自卫蜇人了。

我们在罐头盒里填上木屑和刨花，点火，等火着了后，再吹灭明火，盖一层木屑。明火是万万不行的，火势一旺，就成了火焰喷射器，会烧了蜜蜂的翅膀。

当时分了许多蜂群，单靠我们俩远远管不过来，所以雇了工人，帮忙建新蜂房，培育蜂后，检查蜂群里的害虫，外加割蜜。穆斯塔法待的那块地儿，我们也雇了工人熏蜂群，烟雾从罐头盒袅袅飘入蓝天，明媚的阳光洒在我们身上。穆斯塔法为大伙儿做午餐——一般是小扁豆或碾碎的小麦粒配色拉、面食和卤蛋，最后一道是蜂蜜巴拉迪软干酪。养蜂场有一间带厨房的小屋，屋外搭了一个凉棚，里面有风扇，可以解暑纳凉。累了一早上，我们一起吃饭，穆斯塔法坐在木桌的桌首，将食物塞进嘴里，又拿起面包蘸番茄酱。对我们共同取得的成绩，他非常自豪，自豪且感恩。可我心里免不了纳闷，这种感恩是否出于担忧，莫名的担忧，担忧将来的灾难。

穆斯塔法五岁丧母。他母亲生产时和未出世的弟弟离开了人世。我觉得他一辈子过得战战兢兢，生怕大难临头，所以，他总是像一个孩子，喜忧参半地看待一切。"努里。"他常常抹一把下巴上的番茄酱，对我说，"你瞧瞧我们俩一手创造的！是不是了不起！是不是太了不起了！"说这话时，他的眼中闪过一丝异样，我后来才明白，是童年挥之不去的阴霾。

　　我一早起床上卫生间，只见迪奥曼德房门大开，他正捡散落一地的文件。未收拾的铺上放着翻开的《古兰经》。他将一叠文件放进抽屉，拉开窗帘，阳光倾泻进屋子，他在床沿坐了下来。他只穿了一条运动短裤，手拿一件T恤，弓着背。

　　他想着心事，没注意到站在门口的我。他略微转向窗户，我看见原本是肩胛骨位置的后背皮肤凸出一个奇怪的畸形。他就像刚破壳而出的小鸡，一对白色的小翅膀紧绷、结实，犹如攥紧的拳头。我好一阵才回过神。他连忙套上T恤。我进也不是，退也不是，他转向我。

　　"努里——你是叫这个名字吧？"他突然开口，吓了我一跳。"我见过露西·菲舍尔了，"他说，"她是一位非常亲切和蔼的女士。她可能为我担心吧。我请她不要担心，'菲舍尔太太，别担心！这个国家有的是机会。我能找得到工作！我朋友说了，要想过安稳日子，那就来英国。'可她好像比先前更担心了，这下倒让我发愁了。"

　　我站在那里呆呆地看着他，一时不知从何说起。

"我爸去世那阵子，我们过了一段苦日子，找不到工作，钱也没几个，两个妹妹吃不饱，我母亲对我说："迪奥曼德，我去找点钱，你出去，你到外面闯一闯，找到门路再回头帮衬我们！""

他往下弓了弓背，肩胛骨凸得更高了，他长长的手指扶着膝盖，要撑着站起来。

"临走的前一天晚上，她为我做了世界上最好吃的一道菜：柯吉诺[1]。"他舔着手指，转了转眼珠，"我有好几个月没吃了，那晚她专门为我做了一顿。"

我盯着他的背。他弯腰去理地上的一双拖鞋，T恤下的肩胛骨上下蠕动。他套上袜子穿上拖鞋，样子好像很吃痛。

"你的背怎么了？"我问。

"我从小脊柱弯曲，直不起腰！"他说。

我一定是用奇怪的眼神盯着他看，因为他盯着我，犹豫了一阵。他个头太高，即使站起来，弓着背，我俩四目也能平视。我注意到他生着一双老态龙钟的眼睛。

"去楼下喝一杯奶茶吧？"他说，"我非常喜欢喝。"

"好。"我说，我嗓子发干发哑，"我们楼下见。"

我反锁上卫生间的门，省得摩洛哥人又进来。我洗脸，洗手，一直洗到胳膊肘，我揩头擦脚，一直擦到脚踝。我出了一身汗，始终忘不了那对肩胛骨，静不下心来祈祷。我站在垫子上刚说了一句"伟大的真主安拉"，就一眼瞥见水池上方镜子中我的脸，我手扶在耳边，愣住了。我好像变了一个人，却又说不出哪

---

1 阿拉伯语音译。以鸡肉和蔬菜为原料，装入陶罐内用文火慢炖的一道香辣杂烩，是一道传统的科特迪瓦美食。

里变了。是啊，原来光滑的脸上起了深深的皱纹，连眼睛都变了，变得又大又黑，好像穆罕默德的眼睛，时刻战战兢兢。可并非那么回事，是发生了别的变化，令人费解的变化。

门把手咔咔几声响。"老头儿！"

我不吭声，任水哗哗地流淌，浴室内雾气腾腾，我希望看到穆罕默德，可他不在。

我不紧不慢地为阿芙拉穿衣、梳洗打扮。我不明白她为什么不自己动手，她站在那儿，时而闭上眼睛，任我为她套上裙子，为她裹上头巾。她这回没牵着我的手为她别上发夹，她一声不吭，只见镜子中的她闭着眼睛，我纳闷她为什么不睁开眼睛，反正又看不见。可我不好问她。她攥着那枚弹子，攥得指节发白，随后往床上一躺，伸手去够对面床头柜上的速写本，放在胸口，默默地躺着，呼吸舒缓，沉浸在自己的世界里。

我们来到楼下，摩洛哥人和迪奥曼德不在客厅。老板娘说他们出去晒太阳了。她又在打扫屋子。她浓妆艳抹，又长又黑的睫毛粗得失真，嘴上的唇膏猩红，仿佛刚流的鲜血。可无论她擦得多亮，无论怎么洗，都洗却不了途中担惊受怕、历经千难万险的沮丧和仆仆风尘。不知道她如何来的英国。她一口标准的英国腔，应该是这里出生的，我知道她有一大家子人，因为每到晚上，她在隔壁的家总是热热闹闹，孩子和亲戚进进出出。她一身漂白粉和调料味，好像不是在洗涮，就是在做饭。

我拨通了露西·菲舍尔的电话，对她说了全科诊所的遭遇，她连忙赔礼，说明天带新文件过来。露西·菲舍尔说话不亢不卑、有条不紊，亏她说得出照顾我们。她的疏忽虽然很小，但让我觉得她不过是一介凡人，并非无所不能。我不由得担心起来。

阿芙拉坐在沙发上听电视。除了见露西·菲舍尔的几面，这是她头一回答应壮着胆子走出卧室，谨小慎微地走入这个世界。我陪她坐了片刻，可最终还是不知不觉地走出客厅，进了抹了水泥地的天井，从篱笆缝望老板娘的园子。穆罕默德说得不错！园子里满眼是碧绿的灌木、树木和花，一只吊篮和一个喂鸟器，一地孩子的玩具——一辆蓝色的小单车和一个沙盒，一方小池塘，一个举着海螺的水景小天使，可惜不出水。相比老板娘的园子，天井光秃秃、灰土土的，那只蜜蜂却卧在一朵花蕊上睡得正香。看着木盘，我发现养蜂场、蜂房和野蜂巢其实大同小异。过去我的职责是，揭开隔板，查看蜂巢，确保蜂群和花蜜的产出相符。我必须了解它们的去向和庄稼地，然后制订计划、方案，管理蜂群，实现我的目标，因为我们不仅生产蜂蜜，还生产花粉、蜂胶和蜂王浆。

　　"你应该把床搬出来。"我一转身，发现摩洛哥人笑容满面地站在那里。"多好的天气，"他抬头看着天说，"听说这个国家阴雨绵绵。"

　　晚上，摩洛哥人和迪奥曼德常常在客厅玩英语拼字游戏。那场面着实惨不忍睹，可我不置一词，也懒得纠正他们的拼写错误，不久，其他房客也纷纷参与进去。阿富汗女人争强好胜，每次赢了都要大声鼓掌。我现在才知道经常和她说话的男子原来是她的弟弟，年纪比她小了不少，喷了一头发胶，留着稀稀落落的几根山羊胡。姐弟俩都很聪明。我坐这里听他们聊天，听他们说过阿拉伯语、波斯语、英语，甚至一点点希腊语。

　　我盯着迪奥曼德的背，误以为肩胛骨的一对翅膀，在T恤下扇动，他的手时不时地摸摸脊椎，也许是一个改不了的习惯吧。

他病痛缠身，可始终一副乐呵呵的模样。他和摩洛哥人为了"耗子"一词的拼写争得不可开交。摩洛哥人觉得其中有一个"w"，迪奥曼德狠狠地拍了一下脑门。

我合上眼睛，千万个嗓音汇集一处；睁开眼，听到的却是蜜蜂，成千上万只蜜蜂和原先一样工作。外面传来一阵骚动。屋里现在安静了，我听见弹子在地板上滚动。穆罕默德坐在地上。

"努里叔叔！"听我走动，他说，"你睡了好久呀。"

墙上的时钟指向凌晨三点。

"你找到钥匙了吗？"他问。

"树上没有钥匙，都是花。"

"你走错了地方啦，"他说，"不是那棵树——它在对面的园子里，那座绿园子。你找到一棵小树，那把钥匙就挂在上面。我从篱笆缝里都看到了。"

"你要那把钥匙干什么？"我说。

"我想出去。"他只说了这一句，"你能去帮我摘下来吗？"

我打开天井的门，蜜蜂嗡嗡的叫声扑面而来。空气混浊沉闷，却不见一只蜜蜂。夜色空寂。穆罕默德跟我进了天井。

"你听见了吗？"我说，"从什么方向来的？"

"你只要在隔壁的园子里找，努里叔叔，就能找到那把钥匙了。"

我向篱笆缝外看去，可对面黑漆漆的，树都看不见，何况钥匙。

"你要翻篱笆过去。"他抬高嗓门说。源源不断的嗡嗡声从大气层的最深处传来，仿佛波涛或记忆。我搬来梯子，翻进老板娘的园子。我突然置身于婆娑的树影和花影之中，模糊的影子在微风中沙沙作响。那辆小单车靠在墙上，我辨认出沙盒的轮廓和周围的步道。穆罕默德隔着篱笆指点我，要我左拐，我终于看到了他说的一小丛灌木，树上真的挂着一把钥匙。钥匙在月下闪烁。钥匙被树叶缠住了，我只好使劲将它揪下来，然后搬过单车，靠着篱笆，搭脚翻过去。

我翻进天井，穆罕默德却不见了。我关上天井的门，将喧闹挡在门外，上楼爬上床。阿芙拉脸颊枕着双手睡着了。她呼吸舒缓、深沉。我仰面躺在床上，手攥着钥匙贴在胸口。嗡嗡声渐渐远去。我好像听到了……

波涛

……平静了，傍晚时分。火灭了，我们登上一艘去莱罗斯岛的海轮。

"这是我第二次坐船，"穆罕默德说，"第一次蛮怕人的，你说呢？"

"有一点点。"我立刻想到了萨米。萨米乘过一次船，那是我们带他去看望他的外祖父，外黎巴嫩山脉北坡脚下的一座海滨小镇。他怕水，哭哭啼啼，我将他搂在怀里，指着水里的游鱼哄他。他盯着水面下色彩斑斓的银鱼，眼含着泪水，脸上却挂着笑。他一贯怕水，哪怕洗头，他都不愿意耳朵或眼睛沾水。他就是一个沙漠里的旱鸭子，只见过干涸的小溪或灌溉池里的水。他和穆罕默德年纪相仿——如果萨米还在人世，两个小家伙一准能交上朋友。穆罕默德肯定会关照萨米，因为萨米是一个敏感、胆小的孩子，萨米会给穆罕默德讲故事。他最爱讲故事了！

"妈妈要在这里就好了。"穆罕默德说。我搂着他的肩膀，看他扑闪着眼睛，目光追逐着海里的游鱼。阿芙拉坐在我们后面的一张椅子上。一位非政府组织的义工送了她一根白拐杖，可她不喜欢，搁在脚边的地上。

　　我们上岸时，志愿者已经早早地等着了。看得出，这里设置了办事处。许多人已经通过了，非政府组织准备充分。我们被带离码头，上了一座小山，来到刚抵达人员的登记中心：一顶大帐篷。帐篷里人满为患：难民、戴蓝色反光墨镜的军人和警察。据我观察，难民主要来自叙利亚、阿富汗、部分阿拉伯国家和部分非洲国家。穿制服的男子板着脸将我们分成几拨：单身女性、无监护人的未成年人、持护照的单身男性、无护照的单身男性、妻子和女儿。我们三个人幸好待在一起，被领去排一条长队，领到了几个面包卷和奶酪。等着甄别身份的人惶惶不安、心神不定。只有拿到身份证明，在欧盟国家才能算一个人。而某些国家的人往往拿不到身份证明——除了一张遣返的机票。

　　排了几小时的队，终于轮到了我们。穆罕默德已经在帐篷另一头的一张长凳上睡着了，我和阿芙拉入座，对面的一名男子翻看桌上的笔记。阿芙拉手里还拿着面包卷。男子盯着她，往前凑了凑，他的肚子大得足以放下一只盘子。帐篷里很冷，他的额头却渗出大颗大颗的汗珠，他眼睛下的黑晕仿佛裂开的大嘴。男子从头上放下墨镜，架在鼻梁上。

　　"你们从哪里来？"他问。

　　"叙利亚。"我说。

　　"你们有没有护照？"

　　"有。"

　　我从帆布背包里掏出三本护照，翻开摊在桌上。他举起太阳镜，仔细查看护照。

　　"叙利亚什么地方？"

　　"阿勒颇。"

"这是你儿子？"他指着萨米的照片问。

"是的。"

"他几岁了？"

"七岁。"

"他在哪里？"

"在长凳上睡着了。一路长途跋涉，他累坏了。"

男子点了点头，站起身，我一时以为他要过去找穆罕默德对照片，其实他朝帐篷对面的一排复印机走去。过了一会儿，他走回来，嘴里喷着一股浓烈的烟味，问我们要指纹。随后我们被转到验证、打印的摊位。

"需要萨米录指纹吗？"我问。

"不用，如果他不满十岁，就用不着。我可以看一看你的手机吗？"

我从包里掏出手机。没电了。

"请问你的密码？"男子说。我写给了他，他又走向方才的复印机。

"你为什么要告诉他我们有儿子？"阿芙拉问。

"那样说方便，省得他们问许多问题。"

她不再说话，我看她使劲挠着手腕，以至于留下一道道红色的挠痕，她显然魂不守舍。男子过了许久才回来，他喘着粗气，满嘴的烟味和咖啡味。

"请问你在叙利亚从事什么职业？"他说着，入了座，裤腰上堆着一圈大肚腩。

"我是养蜂人。"

"请问您呢，易卜拉欣太太？"他盯着阿芙拉。

"我是画家。"她说。

"手机里的画，都是您的作品？"

阿芙拉点了点头。

他又往椅背上一靠。他戴着墨镜，我不知道他看的是什么，可他好像盯着阿芙拉。我可以从每一块镜片上看见她的影子。帐篷里人声鼎沸，这里却陷入了沉默。

"您的画很不一般。"他说。随后凑过身，大肚子顶着桌子，将桌子推向我们。

"她怎么了？"他问我。他的语气中有着掩饰不住的好奇。我想象得出，他在收集恐怖故事——生灵惨遭涂炭的真人真事。他的眼镜现在转向了我。

"一枚炸弹。"我说。

那双戴着眼镜的眼睛又转向阿芙拉。

"你们希望去哪里？"

"联合王国。"她答道。

"哈！"

"我们有朋友在英国。"我不理会他的冷笑。

"大多数人比较现实。"他说着，将护照和手机递给我，并且解释，我们只能在岛上等，相关部门发了许可证才能去雅典。

我们和另外两三家人出了帐篷，被领去紧邻港区的一个难民营。穆罕默德紧紧地拉住我的手，问我要去哪里。

难民营围了一圈铁丝网，铁丝网外是一座破败的村落，白水泥路、护栏网、白石子，一排排供有身份证件的人居住的方盒子。这是一个身份认证的帝国。

石子原本是为了吸收水分，可路浸透了水，也许是早前的雨水吧。小屋之间的小巷、胡同横七竖八地牵满晾衣服的绳子，小屋进门处放着一台燃气取暖器，取暖器顶上摆满了烤的鞋袜和帽子。越过小屋向大海对面望去，隐约可见土耳其的海岸线，回头望去，是海岛上黑压压的群山。

我、阿芙拉、穆罕默德，以及另外几家人站在门口。我觉得怅然若失，仿佛凄风冷雨夜，我孤身一人在茫茫大海漂泊，无依无靠。很久以来，我头一回觉得安心、踏实，这一刻，天空那么广阔，上升的薄暮托住未曾发觉的黑暗。我出神地盯着燃气取暖器里橙黄的火，觉得脚下是实实在在的石子。不知什么地方传来一声我听不懂的喊声，紧跟着是一声拖着腔的哭喊——空旷的大地深处传来的绝望的呼喊，吓得小鸟振翅蹿上橙色的天空。

小屋都住满了人，用毯子和床单隔开，以便多安排几个人。我们住进这样一间小屋，并且被告知可以去登记中心旁边的老收容所领食品。收容所晚上九点关门，所以要想吃饭，就得趁早。穆罕默德左摇右晃，好像还在船上，一逮着机会就赖在地上不肯起来。我为他盖上一条毛毯。

"努里叔叔，"他眼睛强撑着睁开一条缝，"我明天能吃巧克力吗？"

"只要我能找得到。"

"能抹的那种。我想吃巧克力抹面包。"

"我想办法给你找。"

天色已晚，有了凉意。我和阿芙拉也躺了下来，我把手掌放在她的胸口，摸她的心跳，感受她呼吸的节奏。"努里。"我们刚躺下，她喊了一声。

"怎么了？"

"你还好吧？"

"你怎么问这种话？"

"我觉得你有心事。"

她紧贴着我，我能感觉到她绷紧了身子。

"大家都不好。"我说。

"那……"她支支吾吾。

"那什么？"

她叹了口气。"那孩子……"

"我们累坏了。"我说，"睡吧，明天再说。"

她又叹了口气，然后合上了眼睛。

她倒头便睡，我学她舒缓地呼吸，希望暂时抛开一切，可她话中有话，好像她清楚我还不知道的事。我毫无睡意。她未说出口的话撕开了一道缝隙，缝隙闪现恍如梦境的一幅幅画面——穆罕默德的黑眼睛，萨米那双遗传了阿芙拉眼睛颜色的眼睛。迷迷糊糊中，我听见一声响，好像门吱呀一声开了。门那边有个男孩的身影。"我们会掉进海里吗？"恍惚中我听到。"浪会把我们卷走吗？房子不会像这样倒塌吧？"萨米的声音。穆罕默德的声音。

我的大脑随后坠入黑暗和沉寂。我转身背对阿芙拉，盯着床单隔帘上的图案。我难以入眠，听隔帘另一边一个小姑娘和父亲嘀嘀咕咕、小声地对话。父女的声音渐高，她显然非常伤心。

"她什么时候来呀？"小女孩问。

"等你睡着了，她就会来抚摸你的头发。和以前一样，你还记得吗？"

"可我想看看她。"

"你看不见她，可你能感觉到她呀。你会觉得她就在你身边，我保证。"我听得出男人的声音带着哭腔。

"可那些人带走她的时候……"

　　"我们不说这个好不好？"

　　小姑娘忍不住哭出了声。"可她被带走的时候哭了。那帮男人干吗要带走她呀？他们带她去哪里了呀？她为什么要哭呀？"

　　"我们不说这个好不好？睡吧。"

　　"你说他们会送她回来的。我想回家去找她，我要回家。"

　　"我们回不去了。"

　　"永远回不去了吗？"

　　父亲不吭声。

　　随后外面传来一声嚷嚷，一个男人的嗓音，接着砰的一声闷响。打人的声音？有人被打了？我想起来看看什么情况，可我不敢，我害怕。小屋外响起一阵脚步，有人在跑，然后又归于平静，隐约的涛声最后吸引了我，将我带离现在的思绪，来到茫茫的公海。

　　鸟儿的歌声唤醒了我。门外有人说话，有脚步声，我注意到穆罕默德不在小屋，阿芙拉还没睡醒。

　　我出门去找他，一路上看见壮着胆子走出小屋晒太阳的人，还有人在横穿小路的绳子上晾衣服。孩子们跳过水坑，或者像打排球一样，用小拳头将气球顶过铁丝网，一边拍，一边笑。哪里都不见穆罕默德。

　　我注意到一位腰带上别着枪的军人。我走向老收容所，我听说这里提供伙食，还有一个儿童活动中心。小岛的氛围隐隐让人不安，建了一半、如今倒塌的房子，空荡荡的店铺，仿佛住户突然匆匆出走，任它坍塌、瓦解。无人居住的房屋上黑洞洞的窗户仿佛人的眼睛。铰链上挂着掉下来的窗扇。老收容所如同噩梦中的地方。门厅的铸铁栅栏后是一个冷冷清清的大壁炉，梯口盘旋而上，通向回荡着人声的其他楼层。

"请问你需要什么？"一个声音在我身后问。

我转身，原来是一个二十出头的姑娘，脸颊晒得黑黑的，一只耳朵戴了十几枚银耳环，鼻子上还有一枚。她微微一笑，神情疲惫，眼袋的皮肤发紫，嘴唇皴裂。

"听说这儿开了小店，我想为我太太买几样东西。"

"三楼，往左拐。"她说。

我犹豫了一下。"我在找儿子。"我扭头看了一眼，以为穆罕默德会从我身后突然跑出来。

"请问他的相貌特征。"姑娘说着，打了一个哈欠。她眼中泛起泪花。"对不起，"她说，"我没睡好。昨晚出了乱子。"

"乱子？"

她甩了甩脑袋，忍住了一个哈欠。"收容所人满为患，有人来太久了，难免……"她没说下去。"请问你儿子长什么样？"

"我儿子？"

"你刚才不是说找儿子来着？"

"他七岁，黑头发，黑眼睛。"

"这里大多数男孩都是这个样子。"

"可他们的头发是棕色的，眼睛也是棕色的。我儿子的眼睛是黑色的，黑得像夜晚，你不可能不多看一眼。"

她若有所思，然后从裤后袋掏出手机，打开看了一眼。亮起的屏幕照亮了她的脸。

"你住什么地方？"她问。

"靠港区的小屋。"

"你幸好不是住在别的地方。"

"别的地方？"

"你太太要买衣服吗？楼上开了一家时装店，我带你去。"门厅热闹了起来，世界各地的人进进出出。我耳畔响起各种口音的阿拉伯语，夹杂着陌生的语言韵律和腔调。

"你英语说得真好。"上楼的路上，她说。

"父亲从小教我。我在叙利亚做生意。"

"什么生意呀？"

"养蜜蜂。我养蜜蜂，销售蜂蜜。"

我看着她的拖鞋啪啪地打着她的脚跟。

"这个岛原来是一个麻风病隔离区。"她说，"这个收容所就好像一座纳粹集中营。无名无姓的人戴上镣铐，被关押着，被遗弃的孩子成天被拴在床上。"

楼上迎面走来一位警察，她突然不说了。这地方太暗，警察没戴墨镜，他冲她点了点头，热情地一笑。

"二楼和四楼是军营。"他一走出视线，她接着说，"到了晚上，他们在天井生一大堆火做饭，否则只能吃面包卷和奶酪，有时候有一根香蕉。上了年纪的老太太经常从自家菜园带蔬菜，做一顿炖菜。这一层开了两家时装店，一家专卖妇女儿童用品，一家卖男士用品。你也许想为你儿子买几件吧。今天进了不少货，你来得早，真是赶巧了。"

她领我进了女士时装店，将我往那儿一撂。我进门的途中，就听过道里一个男人对她说："你不是不知道规矩。你只要问他们缺什么，不必和他们多话。"

我在过道徘徊了几秒，希望听到她的回答。我以为她会赔不是，可我听到的是一阵低沉放肆的大笑。她有一种这里没有的自信。随后传来一阵脚步声，渐渐远去，我进了时装店。铺子的四壁潮湿、发霉，阳光从一扇上了栅栏的长窗穿窗而入，照亮了一个货架。一个女人背着手随时准备招徕客人。

"您好!"她说,"请问您想买什么?"

"我想为我太太和儿子买几身衣服。"

她问了他们的身材和衣服尺寸,推着横杆上的衣架,最后抽出几套合身的衣服。

我揣着三支牙刷、两片剃刀、一块香皂,抱着一包衣服和内衣,外加为穆罕默德买的一双鞋出了这家店。我猜得出,他盼着和这里的小伙伴到处撒野。他也许早晨听见他们玩,跑过去凑热闹了吧?有几个说不定去海边迎接新来的了?回港区的路上是一溜儿的店铺,沃达丰[1]、西部联盟电报公司,一家糕点铺,一家咖啡馆和一家书报亭——外面挂着一色阿拉伯文的招牌:SIM卡、Wi-Fi连接、手机充电。

我信步走进一家咖啡馆。这种地方挤满了喝茶、喝水、喝咖啡、暂时逃避难民营片刻的难民。客人们说着库尔德语和波斯语。我前面的一名男子和一个孩子说的是叙利亚口音的阿拉伯语。一名女招待手拿一本记事本出了里间的厨房,问我点什么。她身后跟着一位年长的女人,端着满满一盘水杯。她叫着客人的名字,将饮料放在桌上,和客人寒暄几句。三种语言,她都会几句。

我点了一杯咖啡,被告知是免费的。我挑了一张桌子坐下。咖啡端上来,我一口一口地细品。我想不到有朝一日能和素不相识的人同处一室,安安静静地喝一杯咖啡,不用担心炸弹和狙击手。远离喧嚣,我才想起萨米。品一杯咖啡都觉得是罪过。

---

1 英国电信运营商。

"你一个人来的吧？"

我抬起头，年长的女人冲我一笑。

"你会说英语吗？"她问。

"会。不，我不是一个人来的，我还带了妻子和儿子。我在找我儿子。他大概这么高，黑头发，黑眼睛。"

"男孩子都长这个样！"

"请问什么地方有巧克力卖？"

她为我详细介绍了这条路尽头的一家便利店。我注意到有人点了饭菜。难民为这地方带来了生意，到了三月，这里将人去一空，几乎是一座荒岛。

出了咖啡馆，我直奔小巷尽头的便利店，买了一罐能多益巧克力酱和一块刚出炉的面包。小家伙一准喜欢！我迫不及待地想看他眼中的欣喜。

我找了一家网吧，想看看穆斯塔法有没有回我的邮件。我紧张不安地输入用户名和密码——我内心又不希望看，因为倘若他不回邮件，我恐怕坚持不下去。当看到一溜儿等着我的邮件，我兴奋不已。

* * *

亲爱的努里：

我今天和穆斯塔法通了电话，他辗转到了法国，现在还无法查收电子邮件，他嘱咐我代他查收和回复邮件。他希望能收到你的一封邮件，他为此日思夜盼。我都不知道如何形容收到你邮件时的喜悦。我和穆斯塔法都非常担心。他不愿往坏处想，可想必你也知道，这其实勉为其难。

下次通电话，我要告诉他这个好消息。他怕是要高兴坏了。我和阿雅现在英国，眼下住在约克郡的一处合租屋，等着看能否给予我们避难。

我很高兴你们终于到了伊斯坦布尔，努里，希望你们平安抵达希腊，走得更远。

祝好

达哈卜

2016年2月4日

***

亲爱的努里：

我终于到英国和妻女团聚了。途经法国的艰辛，我不愿在此多说，等你们到了英国，我一定详谈。我坚信你终将和我们重聚。我们等着你。来这里之前，我心神不宁，夜不成寐。你就像我的亲兄弟，努里。缺了你和阿芙拉，我们一家就不完整。

达哈卜非常伤心，努里，她是为了阿雅强打精神。自从我到了这里，她终日关灯躺在床上，抱着菲拉斯的照片不放。她时而放声痛哭，可大多数时间一声不吭。她不愿提起他。她经常念叨的一句话，就是幸好现在有我陪伴在她的身边。

从你的上一封邮件获悉你到了伊斯坦布尔。但愿你现在到了希腊。我听说马其顿[1]关闭了边界，所以恐怕你不能和我当初一样取道马其顿了，但你一定要坚持。但愿下次收到你的来信时，你离我们更近了。

我无数次悔不该留下来，悔不该不和妻女远走阿勒颇，因为

---

1 巴尔干半岛中部国家。

那时候儿子还在。这个想法让我生不如死。我们回不到过去了，改变不了当初做的决定。不是我害死了儿子，我要记住这几句话，如果忘了，我将深陷悲观，难以自拔。

　　获悉你到英国的那一天，将一扫我心头的阴霾。

穆斯塔法

2016年2月28日

　　我坐在网吧，一遍遍地读着电子邮件。你就像我的亲兄弟，努里。我恍如回到穆斯塔法父亲在大山深处的家。周围松树、杉树环绕，屋内阴暗凉爽，旧红木的家具、手工地毯，房屋最里头一扇窗下的螺形托脚桌案上摆着他已故母亲和妻子的牌位。桌上有一些照片，他母亲少女时期的，长成年轻妇女的；照片中的她身材高挑，眼波流动，楚楚动人。还有几张结婚照和她怀抱穆斯塔法的照片，另外几张是她怀第二胎时照的。可惜的是，后来难产，大人和小孩都没保住。穆斯塔法在祖父和父亲的关爱与呵护下长大成人，这地方缺少女人的柔情，没有一同嬉戏的兄弟姐妹，他只能沐浴着灿烂的阳光，听蜜蜂嗡嗡飞舞，闻香甜的蜂蜜。

　　他将蜜蜂当作兄弟姐妹。他观察蜜蜂，了解它们交流的方式；他追着蜜蜂进入深山，探寻它们路程的尽头；他坐在树荫下，看它们在桉树、棉花和迷迭香花丛中采蜜授粉。

　　穆斯塔法的祖父是一个硬汉，有一双和穆斯塔法一样的大手，一双犀利的眼睛和一副好脾气——他鼓励穆斯塔法勤学多问，探索自然。他喜欢我去做客，把我们当小孩子，乐滋滋地为我们切西红柿和黄瓜，我好像是他们家不可或缺的一环。他给软面包抹上黄油和刚从蜂房割来的蜂蜜，然后陪我们小坐，为我们讲他童年的往事，或者他贤惠的儿媳妇。

"她是个贤惠的女人。"他常说，"对我嘘寒问暖，从来不嫌弃我唠叨。"即使过了这么些年，每每提起儿媳妇，他还用长满老人斑的手抹眼睛。坐在那间凉爽的客厅，我们好像被他母亲永不凋谢的笑包围着，这笑吞噬我们，在我们周围穿梭，有几分像蜜蜂甜甜的声音。

他越说越起劲儿："好，你们俩现在成才了。去，教努里怎么制蜂蜜，送他些蜂王浆尝尝——他在城里待久了，需要蜂王浆补补。"

穆斯塔法带我去蜜蜂唱歌的地方。

"我们将来共创大业，"他说，"只有取长补短，才能成就大事。"

***

亲爱的穆斯塔法：

在我心中，你就是我的兄长。我记得每次去山里姨夫那里做客，我记得姨母的照片，还有你祖父……他是一位了不起的人！如果不是遇上你，我的人生会截然不同。用你当初的话说，我们共创大业。可这场战争毁了我们的成就，我们的梦想和为之奋斗的一切，使得我们失去了家，失去了工作，失去了我们的儿子。这样的日子，我不知何去何从。我担心我心已死。支撑我走下去的唯一一个盼头，是见到你、达哈卜和阿雅。

获悉你终于和妻女团聚，我非常高兴。你们一家人团聚的消息驱散了我心头的阴霾。

我和阿芙拉已经到了莱罗斯岛，但愿不久能去雅典。如果马其顿关闭边界，那我就另想办法。别担心，穆斯塔法，我不会气

127

馁，一定要和你们重聚。

努里

2016年3月3日

我返回难民营，见到闪亮的铁皮、白色的沙砾、水泥地和一排排方盒子一般的集装箱，还有四周围了一圈的铁丝网。阿芙拉拿棍子当武器，站在小屋的门口。

"你这是干什么？"我问。

"你去哪儿了？"

"去买了点东西。"

"闹腾死了，吵死了。我撵他们走。"

"谁呀？"我说。

"一帮孩子。"

"那孩子回来了吗？"

"你问谁呀？"

"穆罕默德。"

"没人回来。"她说。

我放下包，告诉她我要再出去一趟，买些吃的做晚餐。我这回找遍了大街小巷，还是不见穆罕默德的踪影。我循着孩子的笑声找遍了每一处角落、旷野和树下。我回到收容所，查看了每一间房，连儿童中心、母婴室和祈祷室都不放过。我沿这条路走向下一个海滨，上了一处沙滩踩满孩子脚印的僻静的海滩。这时海滩已人走一空，太阳西垂。我在夕阳下伫立了良久，呼吸新鲜空气，任橘红色的夕阳抚摸着我的脸。

我睁开眼，见到了最奇怪的东西：绳子上晒着三四十条章鱼，章鱼在落日背景下的轮廓令人恍若梦中。我以为自己睡着

128

了，揉了揉眼睛，可章鱼还挂在那里，垂下的触手形状怪异，就好像留着长髯的人脸。我摸了摸富有弹性的肉，又闻了闻，看看是否新鲜，然后取了一条。我捧在手上，仿佛捧着一个孩子。返回小屋的路上，我去一家糖果店买了一个打火机，顺路又捡了些树枝。

回到难民营，我发现阿芙拉席地而坐，手指捻着什么东西。原来是穆罕默德那枚清澈透明、红纹理的弹子。

我正要问穆罕默德的情况，却发现她突然拉下脸，眼睛也不再空洞无神，它们恢复了生气，充满哀伤。

"你怎么了？"我说，"你眼睛忧郁哀怨。"

"我吗？"

"是啊。"我说。

"我刚发现我的铂金手镯丢了——还记得吗，就是我妈妈送给我的那一只？"

"记得，"我说，"我记得。"

"还刻着小星星。"

"记得的。"

"我记得临走时戴上的。准是在小船上丢的，现在已沉入大海了。"

我搂着她，靠着她坐下。她头埋在我的肩上，像出走阿勒颇前一天我们躲在花园的地洞里那样。这回她没哭。我能感觉到她呼出的气息吹着我的脖子，睫毛扑扇着。我搂了她许久，搂到小屋暗下来，只能看见煤气炉的火光。四周是阵阵喧嚣：大人喊，孩子跑，林子里吹来猎猎的海风。不知穆罕默德是玩得忘了回来，还是在回来的路上。

我出门去烤章鱼。我将捡来的树枝丢在地上，生了一堆火，用一根树枝串起章鱼放在火上烤。章鱼比我原以为的难烤，尽管挂起来晒之前已经焯过水。

等章鱼烤软，凉了，我撕碎，端进小屋给阿芙拉。她一扫而光，还舔了舔手指，谢我做的美食，问我哪里找来的这种好东西。

"不会是你亲手从海里抓的吧？"

"不是！"我哈哈大笑。

"可你又不可能买——章鱼太贵了！"

"我捡的。"我说。

"什么？你走路，不管闲事，就能捡到一只章鱼？"

"对呀！"我说。她发出会心的笑，连眼睛都笑了。

我望着门口，心急如焚地等着穆罕默德。

阿芙拉头枕着毛毯，合上眼睛，一声不吭。我挨着她躺下来。过了一会儿，我隐约听见有人开门、关门、锁门。隔帘另一边的孩子在哭，她父亲小声地安慰她："不会的，拿枪的人不会杀我们。你一点儿都不用担心！不会的，他们不会的。你放心好了。"

"可他们也许会朝我们开枪呀。"

那汉子笑了。"不会的，他们是来帮助我们的。你就闭上眼睛吧，闭上眼睛想想开心事。"

"比如我落在家里的单车？"

"对，那就好。你就想你的单车好了。"

一阵长时间的沉默。不久，女孩又说话了，这回她的声音柔和、平静了许多。

"爸爸。"她说。

"怎么了？"

"我感觉到了。"

"感觉到什么了呀？"

"我觉得妈妈在抚摸我的头发。"

父女俩都不出声了，可我体会得出那汉子默默下坠的心。远处的人在逗乐子，有说有笑。今晚没人嚷嚷。

我盯着放在地上的章鱼、能多益和面包，万一穆罕默德晚上回来，他能看得见，知道是为他留的。可现在难民营关门上锁，我被关在里面，穆罕默德被关在外面。我爬起来，摸黑穿过网格一样的格子间，来到难民营的围墙，找到了入口。门口站着两名端着枪的大兵。

"你有何贵干？"一名大兵问。

"我想出去一趟。"

"现在天色不早了。你可以明天一早去。"

"这么说我被关在里面了？我成了一名犯人？"

他眼睛盯着我，不吭声。

"我要找我儿子！"

"你可以明早去找。"

"可我不知道他跑哪里去了。"

"你以为他能跑多远？这不过是个弹丸小岛罢了！"

"我怕他一个人害怕。"

大兵不答应，并打发我走。我只好回小屋，可黑灯瞎火的，每一个角落都差不多，找回小屋并不容易。我忘了数格子，找不到回去的路。莫非穆罕默德也碰到了这种情况？他壮着胆子跑出去，忘了数格子，所以找不到回来的路了？也许有好心人收留了他。我决定躺在一栋小屋的门口，这里靠近燃气炉，暖和一些。

　　早晨，雨点敲打铁皮屋顶的声音吵醒了我。我被淋成了落汤鸡，我爬起来，想方设法找路回去。我一眼认出了晾在绳子上的粉红色褥单。大雨倾盆。章鱼上落了一层飞进来的苍蝇。

　　阿芙拉已经醒了。她仰面躺着，对着房顶出神，仿佛在数天上的星星。她手指和穆罕默德一样，捻着弹子。

　　"你去什么地方了？"她问我。

　　"我出去了一趟，迷路了。"

　　"昨晚我睡不着。天下雨了，我心中看见、听到的都是雨。"

　　我抬手掸了掸章鱼，苍蝇一哄而散，互相绕着圈，在我们这一块小屋盘旋，然后磁铁一般又纷纷落向那块章鱼。

　　"你饿了吧？"我问。

　　"你是希望我和苍蝇分那块章鱼吗？"

　　"哪里的话。"我笑了，"我们还有面包和巧克力酱。"

　　我从纸袋里掏出面包，掰成几瓣，留了一些给穆罕默德。我打开能多益，琢磨不用刀如何抹巧克力酱。阿芙拉说我们不如拿面包蘸巧克力酱。

　　中午时分，雨终于住了，我又出门去找穆罕默德。一开始我围着难民营转，穿过住人的集装箱，穿梭于一排排院落、通道，钻过晾晒的衣服，一路喊着穆罕默德的名字。这一带的地浸透了水，连门口的鞋子都积了满满的水。白沙石原本只能吸收一定的量，可这场雨仿佛端起大海倒下来一样。铁丝网等一切好像镀上了一层银，银光闪闪的水银，使得这里更像一座监狱。太阳出来了，倒映着斑斓的阳光。

　　我来到老收容所。一名少年头戴耳机，靠着墙、闭着眼睛坐在台阶上。我将他推醒，向他打听穆罕默德的下落。他眼睛睁开一条缝，脑袋一个劲儿地摇。孩子们在楼上玩耍，隐约传来阵阵欢笑，我循声沿走廊去四楼的难民营，找遍了每一个房间。房间用毛毯隔成一个个隔间，鞋子排得整整齐齐。隔间偶尔露出一个人的脑袋、腿或胳膊。我喊了一声"穆罕默德！"。一个公鸭嗓的老人答道："来了！"随后又说："干什么？我在这儿！你来接我了？"

我进了走廊，还听见他嘀嘀咕咕。孩子们在最靠里的一间，里面摆满了玩具、棋盘游戏和气球。几位非政府组织的义工和几个小孩子跪在地上。一位义工怀抱一名婴儿，看见我，她迎了上来。

"这是儿童中心。"她一字一顿地说。

"明白。"我说，"我是来找我儿子的。"

"他叫什么名字？"

"穆罕默德。"

"几岁了？"

"七岁。"

"请问他有什么相貌特征？"

"黑头发、黑眼睛。不是棕色，黑得像夜空。"

我看得出，她搜肠刮肚地想了一阵，随后摇了摇头。"你别担心——孩子总是这样，指不定什么时候就出来了。等他出来，你把这个送给他。"她腾出一只手，从一只塑料箱里翻出一盒彩色铅笔和一本记事本。我谢过她，转身出了门，奔向走廊下楼的路上。我看见了这些人的魂，不久前他们还被堵上嘴、绑在床上。我听到回声，不是孩子们的欢声笑语，而是别的声音，超乎你的想象，人不再是人。

我快速走去，下楼出了门，沐浴着银色的阳光来到码头。

咖啡馆内人头攒动，我找了张桌子，为手机充上电，点了一杯咖啡。仔细看店里的两个女人，我发现她们是一对母女。她们为客人端上茶水和咖啡，操着有限的阿拉伯语和波斯语与难民交谈几句。那对父子也在，撇下大胡子不说，儿子俨然是父亲的缩小版。我往椅背上一靠，闭目养神，听身边的人谈天，听远处海面传来的雷鸣。

我在咖啡馆一直等到下午，始终不见穆罕默德的踪影。四点钟光景，我去了登记中心，想看看相关部门是否审核了证件，发放了入境许可。到了那里，只见几百个人围着一个手足无措的家伙，他站在一张矮凳上，举着卡片叫名字。幸好他没喊到我们的名字，因为我不愿撇下穆罕默德。

第二天也是这样过去的——太阳晒干了雨水，暖风徐徐。黑夜仿佛被洗刷殆尽，难民源源不断地登上这座小岛，被浪冲上这座小岛，离开的人却少之又少。这地方意外地一派祥和。喧嚣也许汇集一处，仿佛咚咚的雨点声、涛声，或嘤嘤嗡嗡围着章鱼的苍蝇声。远离难民营的泥土清新芬芳，树木开始开花挂果。

我还是不知穆罕默德的下落。

第二天傍晚，我灰心了。我拆开彩色铅笔。

"那是什么呀？"阿芙拉听见了，侧过耳朵问，"你拆什么呀？"

"铅笔。"

"是彩笔吗？"

"嗯。"

"有纸吗？"

"有，有一本记事本。"

"能给我吗？"

我将彩笔在她面前排好，牵着她的手摸向铅笔。然后翻开记事本，放在她的膝头。

"谢谢！"她说。

我仰面躺下，出神地盯着小屋的屋顶，墙角缠在一起的蜘蛛、昆虫和蛛网。隔帘对面和小巷传来低语，铅笔沙沙地划过纸张。

不知不觉几小时过去了，天也黑了，阿芙拉终于说："这幅画是为你画的。"

这幅画与她以往的作品截然不同——一块开满鲜花的地，地头耸立着一株参天大树。

"你是怎么画的？"我说。

"我摸得出纸上的笔痕。"

我又盯着那幅画。画的色彩不着边际——蓝色的树、红色的天空。线条断断续续，花和叶错了位，尽管如此，却美得令人神往，无法形容，恍若梦境，画中俨然是一个非同寻常的世界。

第二天下午，登记中心喊到了我的名字。我拿到了赴雅典的证件和许可：努里·易卜拉欣、阿芙拉·易卜拉欣和萨米·易卜拉欣。萨米的名字清清楚楚地印在我手中的张纸上，盯着它，我五味杂陈。萨米，萨米·易卜拉欣，他仿佛还在我们身边。

我没告诉阿芙拉我们拿到了出境手续，我甚至没去旅行社买船票。这些天，阿芙拉日夜心绪不宁。

"我总是做噩梦。"她说，"梦见我死了，身上落了一层苍蝇。我动不了，不能撵它们走！"

"你别担心。"我说，"我们很快就能离开这座小岛了。"

"我不喜欢这地方。"她说，"这地方到处是幽灵。"

"什么样的幽灵？"

"我说不好。"她说，"反正不是人。"

她说得不错。我知道我们必须走，可我舍不得穆罕默德。这孩子如果回来，不知我们的下落该如何是好？他快要回来了，肯定快回来了，我有数。用警察的话说，这不过是座小岛，他跑不远。

第二天夜里又下起了雨，阿芙拉发高烧了。她的额头滚烫，手脚却和海水一样冰凉。我拿湿布——我那件浸透了水的T恤，轻敷她的额头和胸口。

"他在玩呢。"她说。

"谁呀？"

"萨米，我听得见他。你嘱咐他要小心。"

"他不在这儿。"我说。

"他迷路了。"她说。

"谁呀？"

"萨米。家没了，他找不到家了。"

我不知从何说起。我抱着她的手搓着，暖着她的手，看着她美丽的脸庞。看得出她吓坏了。

"我要离开这里。"她说。

"快了。"

"什么时候走？为什么要等这么久？"

"我们要拿证件呀。"

第二天她烧得更厉害了。她浑身打寒战，说腰酸腿痛。

"你喊他回来吃晚饭。"她说。我为她裹上一条毛毯。

"我这就去。"

"他在外面玩一天了。"

"我这就去喊他。"我说。我找了几个柠檬泡水，为她解热镇痛。一天天过去了，阿芙拉的病情每况愈下。我觉得她心灰意冷。我知道我们必须离开此地，于是我告诉她，我们拿到了签证。我又等了几天，等她身子骨结实了，能自己下地了，能到外面感受晒在脸上的阳光了，我才买了两张船票。我写了一张便条。

穆罕默德：

　　我等了你一个月。我不清楚你发生了什么事，你在哪里，回来后能不能看到这张便条。我每天都在找你，我恳求真主保护你、保佑你。你拿上这笔钱和这张签证。你一定要用萨米这个名字（这是我儿子的名字），去旅行社（就在"七扇门咖啡馆"隔壁）买一张去雅典的船票。别错过了船，因为没钱再买一张船票。你只有一次机会，所以一定要准时。

　　这将是你第三次乘船！到了雅典，一定要想办法找到我们。这是我的手机号码：0928——。切记手机不一定打得通。我的全名叫努里·易卜拉欣。我准备从雅典去英国。如果到雅典找不到我们，切记要继续找。想办法去英国。如果碰到好心人，你就把我的名字告诉他，但愿他能帮你找到我。

　　我盼着早日见到你。另外，你务必格外小心，一定要吃好，不能气馁。一个人有时候很容易气馁。如果还要过河渡海，你千万别怕。我每天为你祈祷。

努里叔叔

　　我叠好信，和钱一起塞进信封，放在小屋墙角的地上，再压上那罐能多益巧克力酱。

＊＊＊

　　这是一艘大型汽渡船，船身上漆着黄星，甲板下停满了卡车和小汽车。大伙儿在码头和非政府组织的义工依依不舍地告别。汽渡船晚上九点起航开往雅典，行程将近八小时。船上有供妇女和老人坐的椅子。天气温暖，海面风平浪静。直到最后一刻，我还在东张西望，希望找到穆罕默德。可乘客很快上了船，离泊汽笛清晰嘹亮地响起。汽渡船随后缓缓驶出港，驶入公海，将影影绰绰的小岛远远抛在身后。阿芙拉大口大口地呼吸海上的空气。黑夜从海面和天空进入我的脑海，我恍若迷了路：眼前的天空、大海和世界显得格外广阔。我闭上眼睛，为穆罕默德——这个不属于我的迷路的孩子，祈祷。

-8-

　　我一觉醒来，发现阿芙拉的手搁在我的胸口。我觉得她的手指扣着我的手，有一种异样的感觉。我想起了穆罕默德和我在老板娘家花园里找到的钥匙。我拿开手，发现手中拿的却是一朵菊花。

　　"你又为我带了一件礼物？"她说。声音中带着疑问。

　　"是的。"我说。

　　她手指摸着花瓣和花梗。

　　"什么颜色的？"她问。

　　"橙色。"

　　"我喜欢橙色……我以为你在楼下过夜呢。你睡着了，哈齐姆扶我上的楼——他不愿叫醒你。"

　　她声音中透着绝望，好像有许多话想问，却又问不出口。我受不了她身上的玫瑰花香。

　　"你喜欢就好。"我说着，拿开她搁在我胸口的手，任那朵花落在床上。

　　过后，我祈祷，为阿芙拉梳洗打扮。露西·菲舍尔来了。她今天行色匆匆，提着两只背包，好像要出远门。她还带了一位妇女，我估计是一位翻译；她皮肤黝黑，矮墩墩的，提一只老式的手包。

我们在厨房坐了十分钟。她将清楚写明客栈地址的新文书给我，并且告知我避难申请面试的日期和时间。

"你有五天时间，"她说，"好好准备吧。"

"跟参加考试似的。"说完，我忍不住笑了。她却一本正经地板着脸，说阿芙拉和迪奥曼德届时要各配一名翻译，到时候也会给我配一位。

"迪奥曼德和我们同一天面试吗？"我问。

"是的，你们不妨一同去。地点就在伦敦城南。"她说着，打开一张地图，指出地点，又翻开一张列车运行图，对我详细说明了注意事项。可我心不在焉。我想对她说说迪奥曼德受伤的胳膊，想对她说说穆罕默德和那些钥匙，可又担心她的反应。我的注意力被吸引到窗外。白色的飞机划过天空，多得数不清。隆隆声过后，紧跟着一声长啸，仿佛天崩地裂。我冲到窗口，炸弹纷纷落地，飞机在天空盘旋。阳光太刺眼，我遮住眼睛。声音震耳欲聋，我连忙捂住了耳朵。

一只手扶着我的肩膀。

"易卜拉欣先生，你怎么了？"我听见有人喊我。

我扭头看去，发现露西·菲舍尔站在我身后。

"你不要紧吧？"

"飞机！"我说。

"飞机？"

我指着天空中白色的飞机。

短暂的停顿。然后我听见露西·菲舍尔长舒一口气。"你瞧，易卜拉欣先生，你仔细瞧瞧，那是鸟儿呀。"

我定睛细看，果然是海鸥。露西·菲舍尔说得不错。天空不见盘旋的飞机，只有海鸥，天边一架客机冲云破雾。

"你看见了吗？"她问。

我点了点头。她扶我坐下。

露西·菲舍尔是一个精明能干的女人，她稍做停顿，喝了一口水，然后立刻言归正传。她希望将一切安排得妥妥帖帖。她手中的铅笔笔尖沿着铁路线画下去。我悬着的一颗心落了地，平静了许多。她说了我以前闻所未闻的地名，随后又查看了另一份地图，我脑海中浮现出沿途的道路、房屋、小街小巷、公园和人。我想象远离海滨，深入这个国家的生活。

* * *

那天傍晚，我们都待在客厅。摩洛哥人帮迪奥曼德准备避难申请面试。两个人分坐餐桌的对面，迪奥曼德面前放着做笔记的一张纸和一支笔。

"请你说说你离开你们国家的原因。"摩洛哥人说。迪奥曼德打开了话匣子，还是原来对我们说的那一番话，但这回增加了细节。他说了他母亲和姐妹的名字，介绍了他在加蓬的工作经历，一家人的财务状况，然后说到他们国家的历史和政治，说到被法国殖民，一九六〇年独立，内乱和内战不断，贫困加剧。他说科特迪瓦曾经是一个繁荣稳定的国家，第一任总统去世后，经济、政治、生活每况愈下。他说个没完，摩洛哥人不得不打断他，我才不用听他聒噪。

"迪奥曼德，我觉得他们只想听你的经历。"

141

"这就是我的经历呀!"迪奥曼德一口咬定,"我要是不说出来,他们怎么知道?"

"你说的情况,他们可能都了解。"

"不一定。要是不了解的话,他们怎么明白我为什么要到这地方来?"

"你就说你的经历,你离开的原因。"

"我这不是在说嘛!"迪奥曼德不高兴了。我看得出他腰杆挺直了许多。生气竟然有矫正脊柱的功效。

摩洛哥人摇了摇头。"动肝火于你的情况无益。"他说,"你必须讲你的经历,讲你原来的生活。讲你、你母亲和姐妹原来过的日子。只需要讲这些,迪奥曼德!这不是上历史课!"

两个人又模拟了一遍面试。阿芙拉坐在扶手椅上,膝头放着记事本和彩色铅笔,手指盘着弹子。我看着弹子的脉络在灯光下扭曲、闪烁,他们的声音渐渐退为背景。我游离于他们的对话,想到了蜜蜂。夏日的天空下,蜜蜂飞出蜂房,振翅高飞去找花草树木。我仿佛听见它们嗡嗡地歌唱,闻到了清香的蜂蜜,看到了月光下金黄的蜂房。我正要合上眼睛,却看见阿芙拉翻开记事本,手指摩挲着白纸,从笔盒中取出一支紫色的铅笔。

弹子滚过地板的声音惊醒了我。我知道穆罕默德来了。我花了一点时间睁开眼睛,看见他盘腿坐在地上,旁边放着一把钥匙。

"你找到钥匙了,穆罕默德?"我问他。

"原来是你翻篱笆的时候把它给丢了。"他爬起来,站在我身边。他今天换了一套衣服,一件红色T恤和一条工装短裤,好像有心事。他扭头看向敞开的客厅门和走廊。

"你这样要受凉的。"我说。

他撂下我走开了。我起身跟了上去。我们上了楼，沿着过道，走过每一间卧室和浴室，最后来到走廊尽头一扇以前从未见过的门。

"你带我到这里来做什么呀？"我问他。他将那把钥匙递给我。

我将钥匙插进锁眼，打开门。一道强光刺得我睁不开眼，等眼睛适应了光线，我才发现我身在可以俯瞰阿勒颇的山巅。一轮满月低悬在天边，映照着五光十色的沙漠。一轮血色的满月。

我看见远处的城市，废墟和山顶，喷泉和阳台，原野东边的养蜂场、灌木和野花。蜜蜂这时候静悄悄的，唯有保育蜂在月光下忙碌不停。蜜蜂见到人才变得轻率鲁莽。空气中飘着热烘烘的泥土的芳香，温暖宜人。左边有一条小路，拾级而下，可以进城。我沿小路来到河边。潺潺的河水穿过城市公园，又奔腾着流经山涧。皓月当空，河水波光粼粼。

前方一个穿红衣的人一闪而过。我循声进了小巷。天色已晚，华灯初上，集市摊位上高高堆着金黄金黄的果仁蜜馅点心。家家咖啡馆外支着桌子，每张桌上摆着菜谱、玻璃杯、餐具和一朵插在长颈花瓶里的花。商店橱窗陈列着鞋子、仿冒的名牌手包、地毯、箱子、咖啡罐、香水和皮革等琳琅满目的商品。街尽头一个摊位摆满了精美的头巾，蓝色、赭色和绿色，仿佛灯光下袅袅升起的烟。

我头顶的拱门门头的匾额上书"博物馆"几个字。拱门下，是我父亲的老铺子。铺子关门上锁，我脸贴着玻璃。店堂后高高地堆着一卷卷五颜六色的丝绸和亚麻布。店堂前放着抽斗和他放剪刀、针、锤子的罐子。

　　小巷的尽头闪过一道紫光。我定睛一看，原来是穆罕默德，他拐过街角。我喊他，叫他等等我，别见我就跑。我问他去什么地方，可他不放慢脚步，我连赶几步，追了上去。来到小巷尽头，眼前豁然开朗，原来到了河边。皓月当空，穆罕默德不知去向。于是，我靠着水边坐下来，等待……

日出

……照亮了比雷埃夫斯港[1]，成群结队的海鸥在天空盘旋。我们在雅典下船，被带往一个靠港口的水泥庭院。院子里是挤挤挨挨的帐篷，上空是塔吊。没有帐篷的人裹着毛毯，席地而坐。鸟儿在他们中间的垃圾堆里觅食，到处充斥着一股浓烈的馊泔水味。

我们在一座长方形建筑的背阴处，墙上有大片涂鸦，画着一座简陋的海港、滔天的白浪和一艘张帆的古船。画中港湾的岩石上画着一架吊车，吊车下是古时候的人。萨米肯定会喜欢这幅画，会将画中人编进他的故事。这艘船也许是一台时光穿梭机，抑或了解萨米的脾性，吊车这台时光机拎着人的领子，将他们丢进另一个时空。

但愿我不必离开这里，但愿我是画中人，在港湾的礁石上坐一辈子，看一辈子大海。

我和阿芙拉在一块铺了毛毯的地上找了一个空处。我对面的一个女人身上吊着三个孩子：一个吊在胸前，一个用布袋兜着背

---

1 希腊港口。

在背上，怀里还抱着一个刚会走路的孩子。她生了一双杏眼，头上松松地裹着一块头巾。这三个孩子中没有双胞胎，或者说，都不是她的孩子。她说话了，对男孩说了几句波斯语。男孩摇了摇头，鼻子紧贴着她的袖口。一旁的女孩脸上有一道烧痕。我注意到她缺了三根手指。她和我四目相遇，我别过脸，看着阿芙拉。她默默地坐着，沉浸在自己那黑暗的世界里。

眼前突然闪过一道光，我脑袋顿时一片空白。

等眼睛适应了，我看见一个圆圆的、黑洞一样的东西指着我。是一杆枪。一杆枪？一口气憋在嗓子眼，我努力吸气，眼前一片模糊，只觉得脖子和脸燥热，手指发麻。原来是一台照相机。

"你不要紧吧？"我听见一名男子问。他放下照相机，显得有些尴尬，似乎想不到自己拍的是一个真人。他别过眼睛，连忙赔礼道歉，然后走了。

来人检查了我们的身份证件。当晚我们坐上大巴，被送去雅典市中心一座位于商业区的破败建筑。这里原来是一所学校，站在落地长窗前可俯瞰院子。天井里人头攒动，或坐在舞台上，或坐在椅子上，或站在晾衣绳下。非政府组织的义工穿梭其间。一个梳一头脏辫的白人男子迎了上来，将我们领进大楼，上了两段楼梯，来到一间废弃的教室。阿芙拉一步不敢疏忽，慢吞吞地爬楼梯。

"能和你说英语真是太好了。"男子说，"我一直在学阿拉伯语，也学一点点波斯语，但都太难了。"他摇了摇头，留神盯着阿芙拉。"楼下的教室是举办活动用的。你妻子会说英语吗？"

"不怎么会。"

"她爬楼梯不要紧吧？"

"没关系。"我说，"我们什么苦没吃过。"

"你们算走运的。如果早来两个月，怕是要在大冬天里露宿街头几个星期。军方转移了不少人，还搭起了这些帐篷。埃利尼科，在老机场还有一座大的，公园……"他好像突然想起了什么，声音低了下去。我觉得他是不愿多说。

他领我们进了一间教室。做介绍时，他伸出胳膊，摊开手指，略带一丝讽刺。教室里支了三顶床单做的帐篷。我已经喜欢上了他。他眼睛炯炯有神，和又怕又烦的莱罗斯岛人截然不同。

"对了，我叫尼尔。"他晃了一下胸牌，"你们挑一顶帐篷，稍后院子里有晚饭。进来后，请看下右边墙上的作息时间表——下午有一些课程是专为孩子开设的。你的孩子呢？"最后一句话仿佛几枚炸弹，猝不及防地击中我。

"我的孩子？"

尼尔笑着点了点头："这里只接收家庭……我觉得……你的出境卡……这所学校只接收带孩子的家庭。"

"我的孩子丢了。"我说。

尼尔站在我面前，一动不动，眉头紧锁，踌躇了片刻，随后低头看着地面，鼓起腮帮，吐了一口气，说："听着，这是我唯一能做的，你们今晚可以留在这儿，明天再想办法。这样你太太能好好休息一下。"说完，他将我们留在这所废弃学校的旧教室里。几分钟后，他领来另一家人，一位丈夫、一位妻子和两个年幼的孩子。

我不愿看到这些孩子，一男一女，牵着父母的手。我不愿搭理他们，所以我没有像往常一样起身问候。我转身扶阿芙拉钻进一顶帐篷，放下包，我们默默地在毛毯上面对面躺下。入睡前，阿芙拉问我："努里，你明天能多给我买几张纸和笔吗？"

"当然能。"

那一家子很快安顿下来，教室陷入温馨的安静，我险些以为我住的是一间大饭店。楼上隐约传来吱嘎声和其他客人的吵闹声，我不由得想起父母在阿勒颇的老宅，想起小时候我要听到房门外母亲令人安心的脚步声才敢睡去。看见母亲从门缝往里张望的眼睛，看见灯光从门缝透进黑洞洞的卧室，我才觉得踏实，才会迷迷糊糊地睡去。每天早上，母亲都要去父亲的布店打下手，下午手摇着她祖母传给她的那柄红扇，看几小时的报纸。缎子的扇面，画着一棵樱桃树和一只鸟，写着我母亲认为是宿命的两个汉字。她说这是一个只可意会不可言传的词。缘分是促成两段人生产生交集的一种神秘力量。

这让我想起我是如何遇到穆斯塔法的。他母亲，也就是我的姨母，去世后，我们两家至少十五年互不来往，不通音信。穆斯塔法的父亲一个人住在山里，我父母是城里人，在竞争激烈的集市讨生活，做八方买卖。送我外曾祖母这把红扇的是一位中国老人，这位北京来的布料商亲手裁剪，绘制扇面。有一天，父亲要我去一趟街上，买些水果回来。我绕道河边，在一棵树下坐下休息。我待够了牢笼一般的布店，父亲迫不及待地希望我尽快学会招徕顾客，说好英语。所以，即使铺子闲下来，我也要抱一本英语语法书。用我父亲的话说，那样才有长进。

时值八月中旬，我热得浑身乏力，恍若身在沙漠深处。坐在河边，乘着酸橙树的阴凉，无异于片刻消遣。我刚坐了十五分钟，一位年轻人向我走来。他长我十来岁，皮肤黝黑，好像一个顶着太阳卖苦力的工人。

"请问去这家店怎么走？"他指着手中的一张纸问。纸上草草地画了一条路和一家铺子，一个箭头指着一行字：阿勒颇蜂蜜。

"阿勒颇蜂蜜店？"我说。

他点了点头，随即又飞快地甩了甩头，一种我如今再熟悉不过的面部痉挛。

"不对吗？"我糊涂了。

"对。"他说着，笑了，又甩了甩头。

"我们同路，你跟我走吧，我给你带路。"我们在路上聊开了。他立刻为我介绍了大山里的养蜂场，他祖父差他进城采购几种蜂蜜的样品。他说他最近申请了大马士革大学，想学习农学，他希望进一步研究蜂蜜的成分。我介绍了我父亲的铺子，三言两语就完了，我不如他健谈，再说我对卖布没多少兴趣。我为他介绍了一路上经过的店铺，又带他去蜂蜜店的门口，这才道别分手。

一个星期后，他带了一大罐蜂蜜登我父亲的店门找我。他刚收到大学录取通知书，所以经常来阿勒颇，他希望当面向我道谢，感谢那天我为他带路。我母亲看见他抱着一罐蜂蜜站在铺子的门廊下，失手掉了长柄煎锅。她起身走过去，盯着他看了好一阵，然后开始抽泣。

"穆斯塔法，"她说，"是你吗？我上回见到你，你才几岁来着？你当时还小。可这张脸没变！"事后她说，她仿佛见到了投胎转世的姐姐。河边的偶遇和过后的一罐蜂蜜开启了我们俩的友谊。缘分，这个我一辈子都理解不了的神秘力量，将我表兄带进我的人生，引着他找到坐在河畔、对将来的职业心灰意冷的我，从此彻底改变了我的人生。母亲眼底闪烁着两个红彤彤的字，缘分。

这段记忆我在心里默默地过了三遍，就像倒回、重放一盘录影带，我终于迷迷糊糊地睡去。

半夜，我被一个刺耳的声音惊醒，空中一声尖啸，一枚炸弹撕裂了黑夜。我一骨碌坐起来，浑身大汗淋漓，脑袋突突直跳，周围的黑暗在跳动。透过床单，我隐约看见窗户的轮廓，月光流进窗户。我看见阿芙拉月光下朦朦胧胧的脸，才慢慢想起我身在何处。我伸手握住她的手，没有炸弹，这里不是阿勒颇。我们在雅典，在一所老学校，我们没有性命之忧。我脑袋慢慢不跳了，尖叫声却仍在继续。尖叫声戛然而止后，又传来别的声音，在其他楼层的屋子里回荡。大人走投无路时的抽泣声，地板嘎吱作响声，脚步声、窃窃私语声和大笑声。笑声好像来自外面，楼下的院子——一个女人的笑声。

我钻出帐篷，出了教室，来到长长的走廊。走廊的尽头，一位妇女在窗前踱来踱去，她的拖鞋啪嗒啪嗒地打着大理石地面，眼睛盯着地。她就好像一个机动玩具，身体停下，突然一抽，又动了起来。我走向她，犹豫了好一阵，才抓住她的胳膊，希望安慰她，问她要不要帮助。她抬头瞥了我一眼，我发现她还没醒过来。她睁着一双惊恐的大眼睛，眼中泛着点点泪光，却当我为无物。"你什么时候回来的？"她问。

我不吭声。我知道千万不能叫醒一个梦游的人，免得她受惊吓而死。我只能任她在梦魇中徘徊。

刺耳放肆的笑声吵醒了好梦。楼上的一间教室里有人鼾声如雷，一个孩子在另一间教室大哭。我循着笑声来到楼下的院子，竟然发现许多人毫无睡意。此刻想必已是凌晨两点。我首先看到一群人坐在一堵攀岩墙下一角的木椅上，他们拿一个纸袋传来传去，从里面吸着什么东西。

其中一个女孩瞥了我一眼，盯着我看了一会儿。我总觉得她不对劲儿，瞳孔放大，整个眼睛都是黑的，看不见眼白。两名男子席地而坐，背靠着墙抽烟。主席台想必原本是舞台，两个孩子在唯一的一盏泛光灯下踢球。院子的入口处，三个男人争得面红耳赤。他们操一口口音怪异的阿拉伯语，皮肤黝黑。其中一个推了另一个人的肩膀，第三个人走过来，将他们分开，大着嗓门说了几句；随后拔开门闩，推开厚重的大门，推着两个人走了出去。

门重新关上。待院子里回荡的金属声平息下来，院子里就只剩我一个人。面前的两扇门板上画了一个巨大的蓝心，蓝心两端各有一只红色的翅膀。心是平的，上面有一座小岛、一棵棕榈树，一轮金黄的太阳从岛上升起。在老学校淡绿色四壁的背景下，心仿佛在闪烁的泛光灯下搏动。

身后又传来一阵笑声。我转身离开那颗心，循声望去，只见大笑的女人坐在院子尽头晾衣绳下唯一的一张沙滩椅上。

她是一名年轻的黑人妇女，头发梳成玉米垄，并绾成一个高高的马尾辫。我走过去，注意到她的白上衣被乳汁渗透了。她注意到我的视线，下意识地抬手护住胸口。

"是因为她被人带走了吗？"她说的是英语。

"谁被人带走了？"

她起初不吭声，眼睛左顾右盼。

"我不住这里。我偶尔晚上过来看看，心里觉得踏实。"

我盘腿坐在她旁边。她转向我，给我看她的胳膊。胳膊上有数十个圆形的小伤口。

"这是我的血。"她说，"他们下的毒。"

"谁下的毒？"

"我待在屋子里，后来他想杀我。他抓住我的脑袋，往地上撞。我喘不上气。后来我停止了呼吸，就没恢复过。我现在没气了，是一具尸体。"

可她的眼中充满了生气。

"我最想去德国，丹麦也行。"她接着说，"我要离开这地方，可惜不容易，因为马其顿关闭了边界。雅典是中心，是去世界各地的跳板。我却困在这里不能脱身。"她心乱如麻，眉头紧锁，"人在这地方，心会渐渐死去，一个接一个地死去。"

我开始觉得有点儿恶心，悔不该走近这个胸口溢奶、血中毒的女人。

踢足球的孩子现在已经散去，这里显得越发冷清，泛光灯照着空荡荡的舞台。两个汉子还在抽烟，刚坐在椅子上的孩子一哄而散。只剩下两个男孩，都在玩手机，脸被照亮了。

"他们嘱咐我多喝水，为了我的血好，可我已是一个死人。"她掐着自己的皮肤，"我就是一具行尸走肉。你知道，生肉？死定了的。我要成为别人的口中餐。"她又掐着胳膊，给我看胳膊上的伤疤。我一时不知从何说起。幸好她不笑了，至少暂停了片刻。周围很快陷入死寂。

"你住什么地方？"我问。

"公园，可我经常过来，这里安全，风也小。在公园，我们高高在上，都快和神做邻居了。"

"你的英语咋说得这么好？"

"我母亲教的。"

"你是哪里人？"

153

她没有回答，突然站起身，说："我该走了，我现在该走了。"我看着她拔开门闩，推开门，撕破了那颗蓝色的心。门一关上，院子顿时安静了许多。两个孩子已经走了，只剩下那两个靠着墙抽烟的汉子。透过教室窗传来孩子的哭声，一个婴儿和一个大些的孩子。

我回到楼上。走廊上梦游的女人不见了，周遭一片寂静，我整个人舒缓不少。

我一觉醒来，眼前是白得刺眼的床单，外面传来机器声，听人用阿拉伯语、希腊语或波斯语，抑或一句话夹杂着三种语言嚷嚷。阿芙拉睡得正香。

我来到楼下，天井里堆满了一筐筐发黑的香蕉和一箱箱啤酒。两名男子抱着一袋袋土豆，第三个人捧着贴了剃须刀、牙刷、记事本、钢笔的盒子。大门敞开，那颗破碎的心外是两辆车身印着慈善机构标志的白色货车。我走进儿童区，一位妇女在摆玩具、棋盘游戏、记事本和彩笔。

"打扰一下。"我说。

"请讲！"女人操着一口口音截然不同的英语。

"请问能不能给我些纸和彩笔？"

"这些真的是给孩子们准备的。"她说。

"我儿子就在楼上。他身体不舒服，他喜欢画画。"

女人翻遍口袋，掏出一本记事本和一盒铅笔。她把它们递给我，虽然有点不情愿，但还是笑了。

"等他好些了，希望他能过来。"她说。

阿芙拉睡得正酣。我将彩笔和记事本塞在她的手下，好让她一醒来就能摸着。随后我在她身边坐下，呆呆地看着被太阳照得雪白的帐篷壁，一时间大脑一片空白。然后，脑海中浮现出一幕幕往事。我左边是凯科河，右边是一条阴暗的大街，街头伫立着一棵酸橙树；往前走是驰名世界的男爵酒店，再往前是位于老城贾勒姆区的阿勒颇大清真寺，夕阳将穹顶染成了橙色；过了那条路就是阿勒颇卫城的城墙，如今到处都是残垣断壁；麦地那集市，一道拱门破了；邻近西面的那条街上有法拉杰门钟楼，废弃的庭院，阳台，尖塔。微风穿窗而入，轻拂床单，这一幕幕渐渐淡去。我揉了揉眼睛，转向阿芙拉。她准是在梦中受到了惊吓——她烦躁不安，呼吸急促，嘴里念念有词，我听不清她说什么。我伸手抚摸她的头发，她的呼吸渐渐平稳下来，闭上了嘴巴。

一小时后，她醒来，却不睁开眼睛。她挪了挪，手摸摸记事本，又摸摸铅笔。

"努里？"她喊道。

"在。"

"这是你为我买的吗？"

"是的。"

她脸上掠过一抹微笑。

她翻身坐起来，将纸和笔放在腿上，闭着眼，用手指理了理头发，她皮肤白皙。她睁开铁灰色的眼睛，一对瞳孔小得仿佛要将阳光挡在眼睛外。

"我应该画什么？"她问我。

"你爱画什么就画什么。"

"你说，我是为你画的。"

"从我们家看到的景色。"

我看着她打草稿，手指摸着笔迹，沿着每一条线，仿佛那是路。她对着纸扑闪着眼睛，然后移开，眨几眨，仿佛光太近，晃到了她的眼睛。

"你看得见吗，阿芙拉？"

"看不见。"她说，"别出声，我在思考。"

我看着画显出轮廓，显出一个个穹顶，平的房顶。她在草稿的显著位置添上了攀缘阳台栏杆而上的花和叶。随后她将天空抹上了紫、褐和绿色——她不知道自己使用的颜色，好像只晓得天空要用三种色彩。我看她指尖循着风景的线条，生怕色彩出了格，画进了建筑。

"真有你的。"我说。

"瞧你说的。"她眼中含笑，"漂亮吗？"

"太美了。"

不晓得为什么，听我说这话，她搁下了画笔。画面的右侧没上色彩。说来也怪，这让我想到战争打响前苍白破败的大街小巷。一切被岁月洗净了颜色，犹如枯萎的花朵。她将画递给我。

"还没画完呢。"我说。

"嗯。"她将画推给我。随后头枕着手，默默地躺了下去。我许久没动。我躺在那里，盯着那幅画。不知过了多久，尼尔的脑袋伸进门，四下看了一圈，告诉我们该走了。

-9-

　　我被各种物品包围，好像是外套，扔了一地的鞋子，墙角一只被压扁的暖水瓶。我头顶有一个锅炉，难怪这地方暖和。摩洛哥人站在我左边走廊的尽头，呆呆地看着我。他走过来，默默地向我伸出手。他一声不吭，但表情严肃，他领着我进了卧室。阿芙拉不在卧室，床已经铺好，衣架上的头巾也不见了。我睡的那一侧床头柜上放着一幅漂亮的速写，画的是养蜂场——朝阳下辽阔的田野向远处延伸，点缀着蜂房。她甚至去厨房以及大家用餐的帐篷里作画。色彩用错了，线条很粗糙，断断续续的，可画面灵动，栩栩如生，蜜蜂仿佛在我耳畔嗡嗡飞舞。那边的田野盛开着一朵朵黑玫瑰，玫瑰的色彩溢进了天空。

　　摩洛哥人扶我在床上坐下，解开我的鞋带，帮我脱下鞋，然后抬起我的两条腿。我抓住那幅画，贴在胸口。

　　"阿芙拉在哪里？"我问。

　　"别担心，她在楼下。没事，有法丽达陪着她。"

　　"法丽达是谁呀？"我问。

　　"就是那个阿富汗女人。"

157

他走出去，很快端来一玻璃杯水，将杯子送到我的嘴边。我一饮而尽。随后他调整好我脑袋下的枕头，拉上窗帘，嘱咐我闭目养神，然后关上门，留下我一个人待在黑暗中。

我想起了胡同、小巷、奔跑的脚步和穆罕默德的红色T恤。我浑身乏力，腿和胳膊僵硬，眼睛火辣辣的，我闭上了眼睛。

我一觉醒来，卧室内漆黑一片。门外传来一阵阵笑声，仿佛穿透黑夜的铃声。我直奔楼下的客厅，几位房客在玩多米诺骨牌。阿芙拉也上了场，她附身对着餐桌，面前一溜儿摆着六只骨牌，她集中精神、手指支撑着地挨着前面的一块放下第七块。大家围着餐桌、屏住呼吸观看。她放下牌，甩了甩手，笑了。"看，我成功了！我成功了！你们看！"

几个星期来，我第一次听她和别人说话；也是数月来，她的声音第一次有了生气，有了欢笑。

摩洛哥人发现我站在门口。

"老头儿！"他说的是英语，眼睛一亮，"进来坐，玩一把。我为你沏茶。"他推过来一张椅子，推着我的肩膀坐下，随后出门进了厨房。

其他房客抬头瞥了我一眼，点个头，或问声好，注意力又回到阿芙拉和多米诺骨牌上。她挺了挺腰杆，手微微发抖，只见她将头稍稍偏向我，那张骨牌摆得与前一张太近，骨牌一下全部翻倒。

大家哈哈大笑，有的喝彩，有的惋惜。阿富汗女人收起骨牌，推向她。她是玩牌好手。等摩洛哥人端茶回来，她已经排了十五张，她为紧挨着自己而坐的阿芙拉数牌。

我喝完喷香扑鼻的茶水，然后打电话给全科诊所，告知他们我拿到了更正的资料，希望约一个时间，给阿芙拉看眼睛。

夜幕降临，我务必要陪阿芙拉就寝。我跟她上楼，忍住不去看走廊尽头的门。迪奥曼德的房间又大门洞开，他背对着我们看向窗外，T恤下支棱着的肩的轮廓清晰可见。他好像知道我盯着他，转身面向我。

"晚安。"他笑着说，我看见他手中拿着一张照片。他翻过来给我看。"这是我妈妈，这几位是我姐姐。"她们都是生着一口大牙、爱笑的女人。

进了客房，我帮阿芙拉脱下衣服，挨着她躺下。

"今天过得开心吗？"我说。

"你要是在，就更开心了。"

"我知道。"

我好像听见一个孩子在用阿拉伯语喊着什么。听声音好像是从别的房间传来的，可我知道这里没孩子，除非刚来了住户。可听声音，又好像来自楼下的花园。

"你做什么呀？"阿芙拉问。我靠窗看向楼下黑漆漆的天井。

"你没听见吗？"我问。

"不就是电视嘛，"她说，"楼下有人在看电视呢。"

"不是。不知谁用阿拉伯语喊。"

"喊什么呀？"

"快来呀！快过来呀！"

我脸贴着窗户。天井空荡荡的，除了那棵樱桃树、几个垃圾桶和那架梯子，院子里别无他人。

"过来躺下吧。"阿芙拉劝我，"躺下来，闭上眼睛，别胡思乱想。"

我依言挨着她躺下，感受她的体温，嗅着她如玫瑰的淡淡的体香。我闭上眼睛，不去看她和夜色。可我又听到了喊声，一个孩子的喊声，是穆罕默德的声音，我知道。他开始唱一首摇篮曲，我听得出。这让我想起了萨米。我捂住耳朵，却挡不住……

歌声

……蟋蟀吟唱着，欢迎我们来到阿瑞斯公园。去雅典市中心的大街两旁是一色的锻花栏杆。

我又忍不住想起穆罕默德。我恍若听见他在喊我，可我知道那不过是城市的喧嚣。尼尔在前面带路，也许出于愧疚吧，他硬要帮我提大包小包。他一个肩膀背着我的包，另一边肩背着阿芙拉的包。离开学校前，尼尔把我们的旧包一股脑儿扔了，送给我们俩一人一只帆布背包和保暖毛毯。

"这地方是为了纪念一八二一年反抗土耳其人统治的起义建的！"尼尔回头大声告诉我们。沿途我们经过几间大门敞开的木屋，他却一直向林中走去。不久，蕨树和棕榈树下出现一个个帐篷组建的小村落，人们摊开手脚躺在毯子上。这地方肮脏不堪，即使是露天，也能闻到一股刺鼻的腐臭和尿臊味。尼尔继续往前。越往里走，公园的小路越是坑坑洼洼的车辙和丛生的野草。不少人在遛狗，退休的老人坐在长凳上谈天。再往里走，可见瘾君子准备好了注射毒品的针筒。

我们好不容易来到另一处帐篷聚集地，尼尔在两棵棕榈树间的两块毛毯之间为我们找了一块空地。对面是一座古代武士的雕像，雕像的底座上坐着一个骨瘦如柴的汉子。他的眼睛让我想起昨晚在那所学校的孩子。

天色已晚，尼尔走后，夜色笼罩了我们。我开始觉得这地方不对劲。首先，保加利亚人、希腊人和阿尔巴尼亚人犹如群狼，拉帮结派地聚集在这里，静观事态的发展。从他们眼睛中能看出狡黠的狼性。

晚上很冷。阿芙拉瑟瑟发抖，但她一声不吭，这地方吓坏了她。我把拿得出的毯子都裹在她身上。我们没帐篷，只有一把抵御北风的大伞。旁边的一堆篝火驱除了些许寒气，但不足以让人安心入睡。

周围有人走动，不时传来阵阵笑声。几个孩子在树林中的一块空地上踢足球，男孩和女孩踢得泥浆飞溅。其他孩子在打牌，或在帐篷外闲聊。一群少年围一张毛毯而坐，他们轮流讲故事，讲他们从小记得的故事。现在一个女孩在讲，其他人盘腿坐在毯子上专心致志地听，他们眼中映着渐渐熄灭的篝火。

我正看着，一名非政府组织的义工走过来。他是一个金发的小个子男人，一只手提着一只白色塑料袋。女孩不说了，大家转身看向他，随即发出一阵欢呼，然后互相交头接耳。义工放下袋子，少年们眼巴巴地等着他掏出一罐罐可口可乐，一个个抢着接过去。人手一罐，大家立刻打开，对着咝咝噗噗的可乐开心地哈哈大笑。

然后一饮而尽。

"这是我三年来喝的第一口可乐！"其中一个说。

我知道伊斯兰国禁了可口可乐，因为它是一个美国的跨国品牌。

"比我记忆中的好喝！"另一个说。

义工见我看着他们，从袋子里掏出最后一罐，走了过来。他比我以为的年轻，有一头金色的短发和黑色的小眼睛。他笑容可掬地将那罐可乐递给我，也带来了快乐和欢笑。

"令人叫绝，是吗？"他说。

"谢谢。"我打开易拉罐，抿了一小口，品味着可乐的香甜。然后将可乐递给裹着毛毯，还在不住哆嗦的阿芙拉。她喝了一大口。

"哇，可口可乐吗？"她问。她的脸顿时有了血色。我们俩你一口我一口，分享那罐可乐，听少年们讲故事。

午夜过后，阿芙拉终于睡去，身子不再哆嗦。我注意到一些上了年纪的人在附近转悠，眼睛不离那群男孩和女孩。其中一个扶着拐杖，即使在黑灯瞎火的晚上，也能看清他裸露的残腿。坐在雕像底座上的那个骨瘦如柴的汉子在弹吉他。一首优美、伤感、轻柔如摇篮曲的曲子。

"你也被送到这里来了？"

我抬头望去，眼前站着的是昨晚那个黑人妇女。她肩上裹了一条毛毯，手拿一块面包。

"你们早上一定要去领食品。"她说，"教堂有人送食品过来，很快就会被领完。他们也带药品过来。"

她在地上铺一块毛毯，在我旁边坐下来。她戴一块祖母绿的头巾。

这地方仿佛神明睁开了眼睛，凭空起了一阵横扫难民营的大风，卷起的树叶和尘土从我们眼前呼啦啦而过。静待风平息，她可能已经习惯了突如其来、短暂的恶劣天气。随后她将手伸进小布袋，掏出一盒爽身粉，将香粉撒在手掌上，往脸和手上抹。这一抹有着神奇的效果，她看起来苍老了些，脸颊上的生气和光泽不见了。她始终看着我。

"这地方的人偷孩子。"她说，"拐骗孩子。"

月光下，一双双男人的眼睛在树叶间闪烁。

"拐骗孩子干什么？"

"卖他们的器官，或者组织卖淫。"她漫不经心地说，好像见惯了这种事，无动于衷。我懒得听这个女人聒噪，更不愿看见树林里影影绰绰的人影。我又注意到她白色上衣上刚渗出的斑斑乳渍。

"我的脑袋坏了。"她拍着额头说，然后又掐手臂内侧的皮肤，"我是个死人。我的内脏发黑。你知道那是什么意思吗？"

她的一双黑眼睛映着火光，眼白微微泛黄。她的五官丰满、健康、柔和、透明，尽在她的一颦一笑、一举一动。我不想知道，恨不得远远地躲着她。我脑袋里的东西太多了，容不下别的。我忍不住去看她上衣的奶渍，左边的更严重，就好像她的心在滴血，我忍住不去看。

"你走不了，你难道不知道？"她说。

我没理她。我现在想起了穆罕默德。看见林子里的人，我脑海中又闪现出新问题。是不是谁把他带走了？他是被人拐骗，还是趁他睡熟被人掳走了？

"边境关闭了，你又不是不知道。"她接着说，"人纷纷进来，却难得见人离开，我回不去。我是一个死人，我想离开这地方，我想找份工作，可没人愿意要我。"

一棵树下，一个上了年纪的男子和一个小姑娘搭上了话。她十一二岁，可看她的站姿不止这个年纪。她靠在树上的方式，明显让人觉得是在进行某种让人无法相信的行为。

"你知道奥德修斯[1]为什么要踏上旅程吗？"女人说着，推了我一把，我真不想她出声。我转身白了她一眼，回过头，那男人和小姑娘已不见了。我觉得有点恶心。

"从伊萨卡到卡吕普索，天知道他要去什么地方，在找什么？"

她凑向我。只要我不看她，她就推我的腿。她有一点激动。

"不好说。"我对她说。

"找他的家。"她说。随后她沉默了良久，也许发现我真的不愿多话。她双手放在两腿之间坐着，双眼圆睁，谨小慎微，一副凶巴巴的样子。我越是不去想她，当没有她，越是做不到。

"请问你叫什么名字？"我说。

"安吉丽姬。"

"这是一个希腊名。"

"对，是'天使'的意思。"

"你是什么地方的人？"

这个问题好像打乱了她的心绪。她收起毯子，裹在肩膀上，走进夜色，一路从地上捡着什么。

我挨着阿芙拉躺下来，却毫无睡意。林子深处传来古怪的叫声，也许是狐狸，也许是猫，也许是人。那人还坐在雕像的底座上。借着快熄灭的火光，我注意到他胳膊上的挠痕，仿佛是被动物刚挠出的鲜红的伤痕。

我思绪纷乱，紧紧地闭上眼睛。我什么都不想看，什么都不想知道。

---

1 希腊神话中的英雄。在特洛伊战争中，他献木马计，希腊军因而获胜。回国途中，历尽艰险。

早晨有人祈祷，阿瑞斯公园很快成了一个游乐场。阳光透过树叶，仿佛撑开了一把翠绿的大伞，我恍若见到了昨晚裹着绿头巾坐在这里的安吉丽姬。难民营里不乏本地居民，都是一些上了年纪的老太太，提着一袋袋食品发给难民。

我注意到一个年轻的母亲，她头上随意地搭着一块天蓝色的头巾，怀抱一个小不点的婴儿坐在毯子上，婴儿也许才几个星期——伸出毛毯的手和腿好像细细的嫩树枝。她抱在怀里、不住地颠着的好像一个死婴。她虽然心知肚明，身体却不承认。一位上了年纪的希腊老太太跪在一旁，拿奶瓶帮这位母亲喂孩子奶。孩子不肯喝，老太太只好作罢，随即又倒了一大杯炼乳，装满一纸碟巧克力饼干递给这位母亲，催她吃饼干，喝牛奶。只要她一停下，老太太就立即端着牛奶和饼干送到她的嘴边。

"都喝了[1]，都吃了。"老太太希腊语和英语都用上了。年轻的妈妈好像听懂了其中一种语言，一饮而尽，伸过杯子再要一杯。老太太又为她倒了一杯，等她喝完，牵过她的手，捧在手上，拿婴儿湿巾揩干净，抹上护手霜。这位妈妈一双忧伤的眼睛，蔚蓝如大海，深邃。

"玛莎真漂亮。"老太太说着，吻了一下婴儿的额头。

玛莎！原来是个女孩。我注意到女人间的无拘无束，三言两语交流的默契。她们认识——老太太此前也许来过许多趟。

"没奶吗[2]？"老太太问。年轻妈妈手按着胸口摇着头答道："没[3]。"

我又注意到坐在雕像底座上的男子。他腿上放着一把吉他：

---

1 原文为希腊语。
2 原文为希腊语。
3 原文为希腊语。

一件漂亮的乐器，像是一把古琴，却又不尽然。他调了一下琴弦，然后弹了一支小曲。曲声急促，仿佛大晴天突然下了一场阵雨，在木质的共鸣箱内轻轻地回荡。

他突然停手，调了调弦，脸上掠过一丝愁云。过了片刻，他将吉他放在脚边，卷了一支烟。我挨着他站在雕像的影子里。即使沉默寡言，男子也让人觉得面善，一团和气。

"早上好！"他说的是波斯语。那副嗓子就像他弹的曲子，浑厚、动听。他将刚卷的烟递向我。

"不用，谢谢。"我用阿拉伯语说，"我不抽烟。"那一刻，我们俩对这一尴尬的处境哑然失笑。我们身在希腊，一个人说阿拉伯语，另一个说波斯语。

"你说英语吗？"我问。

男子眼睛一亮，陡然来了精神。"会！说得不好，但会说！谢天谢地，我们总算找到了共同语言！"看来他是一位生性乐观的人——他有说有唱。

"你什么地方来的？"我问。

"阿富汗，喀布尔[1]郊区。你是从叙利亚来的？"

"对。"我说。

他的指甲修长，虽算不上魁梧，一举一动却无不透着力量。

"我喜欢听你弹吉他。"我说。

"这件乐器是雷贝琴，意思是'心灵的窗户'。"接着他告诉我他叫纳迪姆。

我挨着他站在雕像的底座，他拿起雷贝琴又弹了一首曲子。曲子舒缓平和，如暗潮涌动，涓涓流入空中。我看到阿芙拉醒

---

1 阿富汗首都。

来，在毯子上舒展身体，四下摸着看我可在。她找不到我，双眉紧锁，喊了一声我的名字。我立刻走了过去，拍了拍她的手，看着她眉头舒展。发现她生怕失去我，我打心眼里觉得欣慰，说明她还爱我，哪怕她自我封闭，她还需要我。我解开留给我们俩的三明治，递了一块给她。

过了半晌，她才问我："努里，谁在弹琴呀？"

"一位叫纳迪姆的人。"

"真好听。"

我听着音乐，不知不觉几小时过去了。纳迪姆放下雷贝琴，准备小睡片刻。少了音乐，林中树枝的断裂声、嘀嘀咕咕声和孩子们的嬉闹声等乘虚而入。我想叫醒他，请他永远弹下去，好让我听着悦耳的雷贝琴曲子，至死都不为杂音纷扰。如果被安吉丽姬说中了，如果我们这辈子休想离开这里，那么，我和阿芙拉将长眠此地，和夜晚的捕食者一起，和未知战斗中的英雄一起。

日落后，我们点了一堆篝火，顿时烟雾缭绕，充斥着柴火味。大家围着篝火取暖，我想起了法尔马科尼西岛，那座岛上的人不一样。这里好像处于日食期间最黑暗的阴影中。

阿芙拉比平时安静。我觉得她在倾听林子里的声音，她能发觉暗藏在林中的危险，可她一言不发。大多数时间她都裹着厚厚的毛毯坐着。

纳迪姆离开了一阵，回来后在雕像下原来的位置坐下。他没有立刻拿起雷贝琴，尽管我等着听他弹曲子。我渴望听他弹的曲子，我就好像离开了水，魂不守舍。

戴蓝头巾的那位母亲在给孩子喂奶。小玛莎的嘴含住乳头使劲地咂着嘴，却吃不出奶。母亲急得脸通红，用手挤着乳房，结果还是失败了。玛莎只好作罢，又变得无精打采。女人用手背抹着脸上的泪水，失声痛哭。

看见这位母亲泪如雨下，我发现阿芙拉未曾为萨米伤心落泪过。除了那天在阿勒颇，我们躲在花园的地洞里，我没见她落过一滴泪水。萨米死的时候她都没哭，只是铁青着脸，面无表情。

纳迪姆过来坐在我旁边，出神地盯着阿芙拉。不知道他是否意识到自己盯着她，抑或陷入了沉思。不管怎样，我引开了他的视线。

"对了，你刚才说你从什么地方来？"

纳迪姆脸色一变，回过了神。"喀布尔！"

"你喜欢那里吗？"

"那还用说，那是我的家乡啊！喀布尔风景优美。"

"你为什么离开呢？"

"因为塔利班见不得我们演奏音乐，他们不爱听音乐。"不知为什么他突然不说了，从地上捡起一个松果，仔细看了看，又扔进树林。我觉得另有隐情。

"你就为这走的？"我说。

他犹豫片刻，好像考虑要不要说，同时打量着我，随即故意压着嗓子说："我原来在国防部任职。塔利班威胁我，我说了我不敢杀人，我蚂蚁都不敢踩——能指望我去杀人？"

他又不说了，到此为止。一段说来话长且丰富的经历，他对我只说了片言只语。纳迪姆陷入沉默，这个汉子的沉默隐隐令人不快。幸好他又开始说了。那副节奏单调的嗓音令人出神。

"你知道这个公园叫什么吗？"他问。

"知道，Pedion tou Areos……"

"Pedion的意思是'广场'。Areos是战神，他嗜好杀戮和血腥，你知道吗？这是那位送食物过来的老太太告诉我的。"

"不知道。"

"他嗜好杀戮和血腥。"纳迪姆一字一顿，慢吞吞地重复这几个词。"你瞧，"他说，"他们为了纪念他，建了一座公园！"他伸出手，摊开手掌，像尼尔那天带我和阿芙拉去小学校的临时住所时做的，火光下，纳迪姆刚划破的伤口仿佛前臂上缠着几条鲜红的丝带。风起云涌，周围漆黑一团，是要闷熄火苗的架势。我有一种奇怪的感觉，觉得应该善待这个汉子。

"你什么时候学弹雷贝琴的？"我问。

我的问题把纳迪姆逗乐了，他眉飞色舞地凑过来。我有一种异样的感觉，仿佛看一个人磨刀。

"说来话长，"他说，"我父亲是喀布尔的一位音乐家。他是一位大名鼎鼎、家喻户晓的鼓手。"纳迪姆的手敲着无形的手鼓，"我每天坐在一旁看他打鼓，边听边看。"说这话时，他的手顺着眼角摸到耳朵。"有一天，那时我八九岁吧，我叔叔请父亲到屋外帮忙。我过去坐在塔布拉前开始敲。他突然目瞪口呆地走进来，一时不敢相信，问我：'纳迪姆！儿子，你是怎么学的？'怎么学的？我看的呀。我边听边看了这些年，怎么能学不会？你说说！"

纳迪姆的故事令我入迷，他抑扬顿挫的嗓子令人陶醉，我眼前浮现出一个小男孩在喀布尔的家中打鼓的画面，暂时忘了我问而他尚未回答的问题。纳迪姆的脚轻轻地打着拍子，一副怡然自得的模样。他卷了一支烟点上，身体后仰着，看起来很放松，眼睛却很锐利，它们扫视着众人，看暗影处，边看边等，和林中的人一样。

171

蟋蟀齐鸣，然后又戛然而止，短暂的停顿，犹如一个突然歇声的活体。随后又开始叫了，声音浑厚而低沉，向远方传开去，深入树林和未知世界的深处。

男人们三五成群地在树林里徘徊，也有人坐在树杈上抽烟。时不时笑声传来。纳迪姆点上一支烟，却不急着吸，胳膊随意地搁在腿上。我忍不住去看他的伤口，他前臂细腻的皮肤上好像被野兽狠劲地挠了的深红伤痕。他从口袋里掏出手机，发了一条信息。等他发完，我问他的手机能不能上网。

"能。"他说。

"我能借你的手机看下电子邮件吗？"

纳迪姆毫不犹豫地解了锁，将手机递给我，随后又点上一支烟，默默地坐在一旁。

邮箱里有穆斯塔法发来的邮件。

亲爱的努里：

我颇费了些时日才适应新环境。我等着看能否获准避难，与此同时积极参与了我所在小镇的养蜂协会。我交了几位志同道合的朋友。我现在是一个没有蜜蜂可养的养蜂人。只要一箱蜜蜂我就能起步，于是我在脸书上发了一则广告，请人赞助一箱蜜蜂。我现在眼巴巴地盼有人回复。

盼望早日收到你的回复。我无时无刻不惦记着你和阿芙拉。

穆斯塔法

2016年3月15日

* * *

172

亲爱的努里：

　　一位邻近小镇的妇女回应了我的广告！她不仅赞助了一个蜂房，还捐了一群据说行将灭绝的英国黑蜂。这无异于珍宝！我打算分成七箱。我有意和养蜂协会合作，以便提高效率。英国的养蜂人一般养从新西兰进口的意大利蜜蜂，但本土蜜蜂更能耐受这里的极端天气。蜂群衰退得厉害。欧洲蜜蜂难以生存。我相信能从这群黑蜂身上找到答案，我知道许多人和我所见略同。努里，这个国家有油菜田、一垄垄的石楠和薰衣草！雨量充沛，花开遍野，满眼葱绿，多到超乎你的想象。有蜜蜂的地方就有花，有花的地方就有新生活和希望。

　　你还记得养蜂场周围的田野吗？景色优美，不是吗，努里？我常常想起着火的那一天，我尽量不让自己去想这些事。我不愿深陷黑暗，不能自拔。

　　盼早日收到你的回信，我这里有许多有待和你合作的项目！我盼着你！蜜蜂盼着你！

穆斯塔法
2016年3月25日

　　"这条信息把你看笑了。"纳迪姆说。

　　我一时忘了身在何处。我抬头看见树枝间雅典耀眼的太阳。

　　"我表兄在英国。"我说，"他催我过去。"

　　"那可不简单。"纳迪姆说着，嗦嗦地笑了，"他能去英国，是交了好运。"

　　我们俩一时陷入沉默。我心里惦记着连片的油菜田和一垄垄石楠与薰衣草。我在脑海中清晰地看到了这一切，和阿芙拉的画一样充满生气。蟋蟀的叫声打断了我的思绪。

"听声音，这片树林好像很深。"我说。

"才不呢。城市中的森林。文明。"纳迪姆得意地一咧嘴，瞬间暴露了他的另一种性格，有几分源于放纵的戏谑或歹念。

"你过来很久了吗？"我问。

"是的。"这句话好像把天聊死了，我不知道"很久"作何解释，是几个星期、几个月、几年，还是如这位古代石雕英雄历经的几个世纪？

就在那时，我注意到一丝异样。这一幕发生得太快，稍一眨眼就错过了。一个背对我们坐在附近板凳上的汉子，扭过头，引起了纳迪姆的注意。熟练地确认，快速地点头，纳迪姆的举动随之发生了变化，手指和眼角的皮肤抽搐了一下。这让我更加注意了。纳迪姆等了片刻，脚轻轻地打着拍子，最后站起身，从早前坐的地方拿起一瓶水，倒在手上，抓了抓头发。这算不得稀奇，可这之后发生的事，让人颇觉得诡异。

纳迪姆抬手理了理湿漉漉的头发，走向两名少年，他俩是前天才来的一对双胞胎。哥俩坐在一块铺在树下的毯子上，衣衫褴褛，邋里邋遢。他们初来乍到，胆小怕事，但还是有男孩子的顽皮，一个要说话，另一个嘻嘻哈哈，你推我搡。我看纳迪姆挨着他们在毯子上坐下，先自我介绍，然后握了握手。

这时候，坐树下的汉子，也就是对纳迪姆点头的那个家伙转身扬长而去。

随后，纳迪姆的手抄进牛仔裤口袋，掏出一沓钞票。我远远地好像看他给了双胞胎一人五十欧元，这对两个靠翻垃圾桶为生的孩子是一个不小的数目。

"努里，"阿芙拉的话转移了我的注意，"你在做什么呀？"

"看看。"

"看谁呀？"

"我不喜欢这地方。"我说。

"我也不喜欢。"

"我觉得不对劲。"

"我知道。"这短短几个字，出自我妻子的口和心，平复了我的心情。我抓住她的手，紧紧地握着，吻着。每吻一下，我都说一句："我爱你，我爱你，阿芙拉，我爱你，我爱你。"

我告诉她穆斯塔法到了英国，他信中提到的蜂房和英国黑蜜蜂。她仰面躺着，我第一次看见她嘴角挂着笑意。

"有什么花呀？"

"薰衣草和石楠花。"

她沉默了半晌。"我觉得蜜蜂和我们一样，"她说，"和我们一样脆弱。可还有和穆斯塔法一样的人。这个世界上有人和他一样，带来生而不是死。"她又陷入沉默，若有所思，接着小声说："我们能去英国，是吗，努里？"

"当然喽。"我说。尽管当时我心里没底。

那天晚上，我努力把蟋蟀想象成蜜蜂。周围到处是喔喔叫的蟋蟀。周围、天空、树上到处是金黄的蜜蜂。我发现忘了回穆斯塔法邮件——纳迪姆的事情让我分心，那说不清的情况让我放下手头的要紧事。蟋蟀在歌唱，我将这歌声拒之耳外，心里想着蜜蜂。我又想起母亲，还有她那把红绸扇。**缘分。命运。吸引两个人走到一起的力量。**

我希望做一个养蜂人的时候，只有母亲支持我。父亲唉声叹气，萎靡不振——我宣布不去铺子干活，不愿接管家族生意的那几个星期，他猝然苍老了许多。一天晚餐后，我们在厨房小坐。

当时正值六月天，天已经很热了，他喝着加盐和薄荷的咸酸奶，搅得冰块在玻璃杯里叮当作响。母亲将剩菜剩饭倒进垃圾桶。他好像知道我要说他不爱听的话，苦着脸，隔着杯口不时地盯着我。他手上的金婚戒在夕阳下闪闪发亮。他身量矮小，骨瘦如柴，粗大的指节和显眼的喉结，一说话就动。但他的存在不容人忽视，他的沉默和沉思常常填满整个屋子。

"怎么？"他说。

"怎么了？"我答道。

"你明天一早去批发商家一趟，我们要多进几匹菱形图案的黄缎子。"

我点了点头。

"然后你到店里来，我教你做窗帘——你不妨先看看。"

我又点了点头。他一口喝干酸牛奶，举着杯子，要我母亲再添。可母亲在这个节骨眼儿上不搭理我们。

"我再听你差遣一个月。"我说。

他放下空杯。

"一个月后该当如何？"他的声音沉重，满含愤怒。

"我去养蜜蜂。"我手扶着桌子，实话实说。

"你这是提前一个月通知我？"

我点了点头。

"不把我当你父亲！"

这回我没点头。

他看向窗外，眼中映着太阳，变成蜂蜜的颜色。

"你对养蜂知道多少？你在什么地方工作？你凭什么谋生？"

"穆斯塔法教我——"

"呵！"他不屑地说，"穆斯塔法，那个野小子，我就知道他把你带坏了。"

"他没带坏我，他教我学本事。"

他哼了一声。

"我们一块儿建蜂房。"

又哼了一声。

"我们要闯荡一番事业。"

这回是沉默。他垂着眼睛，长时间地沉默。我头一回发现他黯然神伤，此后的许多年，这是我心中挥之不去的自责和内疚。母亲收拾好锅碗盘盏，时不时转身盯着我，点个头，催我说下去。可我说不出口，大约过了十五分钟，父亲才开口。

"这么说，这个铺子要断送在我手里了？"

这是他最不愿说的话。按他的说法，我心意已决，没有商量的余地。随后的几天和几个星期，我发现他变得越发瘦小，无论裁剪、缝针，还是量尺寸，一举一动，无不慢慢吞吞的，漫无目的。那一刻，躺在那里仰望雅典的天空，我心想，如果我不惜牺牲父亲的幸福执意做一名养蜂人，那我一定要见到穆斯塔法。他多年前找到了我，将我领出黑洞洞的裁缝铺，走进沙漠边缘的旷野，我现在必须信守承诺。我要想办法去英国。

深夜我醒来，篝火只剩下一个摇曳的火苗。孩子们在酣睡。一个婴儿吵夜，哭个不停。哭声好像在林子深处，但其实并非如此。安吉丽姬裹了一条毛毯，在我们旁边倚靠一棵树坐着。她眼睛睁得大大的，手放在腿间，胸口还在溢奶。不知她从什么地方来，家人身在何处，她抛别了谁。我想再问问她：安吉丽姬，你为什么要远走他乡？你究竟叫什么？你的宝贝女儿呢？

　　我听着蟋蟀唱歌，在月光如洗的树林里思考这些问题。夜色柔和，仿佛《一千零一夜》那些故事中的夜晚。在一个因权力、腐败和压迫而动荡不安的国家，母亲为我讲故事的日子，总要看一眼窗外，我体会得到她读书时的无奈、愤懑和害怕。

　　我对故事中时间的流逝又爱又怕。夜复一夜，妖怪浮出大海；夜复一夜，讲故事无非是为了延缓被斩首。生命被分成一个个夜晚。夜晚充斥着悲痛欲绝的呐喊。

　　安吉丽姬挪了挪夹在腿间的手。孩子还在哭泣，我听不出哭声到底来自何方。我睡意全无，因为这地方不安全，我觉得这里很不对劲。我记得萨米一哭，阿芙拉的乳房就开始溢奶。听着萨米的哭声，闻着他身上的奶味，坐在她经常喂奶的椅子上，阿芙拉的乳房就能溢出奶水，母子之间好像连着一根看不见的线。母子间的交流用不着语言，靠的是最纯朴的心灵。记得她经常拿这事打趣，说觉得自己像一只动物，说她体会到我们深爱和极度恐惧的时候，便少了人性。刚做母亲的那段日子，她放下了画笔；她疲惫不堪，心里只有萨米。后来，等萨米睡熟了，她才走向画布，她笔下的风景优美，栩栩如生，黑夜富有层次，阳光更加灿烂。

　　哭声一停，安吉丽姬立刻紧紧闭上眼睛。我想起了纳迪姆，想起他让钱滑入两个孩子手中的一幕。我的思绪又转到穆罕默德，我现在更加放心不下他。随后我又想起了萨米。先是他的微笑，继而是失去光泽的眼睛，犹如两个玻璃球。我不愿想萨米，我最怕回忆萨米。我抬头仰望浩瀚的星空，那一幕幕变幻成图片，在我脑海闪现，挥之不去。

　　夜复一夜，野兽跑出树林。纳迪姆和两个少年来往越来越密切，一个又一个夜晚，两名少年去了又来；每出现在同一个地点，兄弟俩都显得惶惶不安。他们买了新鞋，甚至买了一部新手机；他们互相打闹逗乐，放声大笑。哥俩形影不离，尤其是早晨，两个人不知从什么地方回来，然后倒头就睡，一直睡到下午。灿烂的阳光下，他们的身体一动不动，思维陷入了停顿。

夜复一夜，安吉丽姬在我们旁边靠着树睡觉。挨着我们，也许让她觉得踏实。不知道她是否还去老学校。转眼好像过了许久，感觉恍如隔世，尽管我们才过来一个星期，也许两个星期。

我把铅笔和记事本给阿芙拉，可她不愿接；她推开它们，即使是在睡梦中。她心力交瘁，无暇旁骛。她听着周围的喧嚣，以一颦一笑回应孩子们的嬉闹和哭喊。她为他们担心。她经常问我什么人藏在林子里。我说我也不清楚。

有时候，有人收拾仅有的几件行李离开，我不知道他们要去哪里。在莱罗斯岛，难民按国籍分三六九等。据说，叙利亚的难民优先，来自阿富汗和非洲大陆的难民要等一等，也许不知要等到何年何月。可在这个公园，大家好像都被遗忘了。经常有抱着毛毯的非政府组织义工领着人过来。大人和孩子都睁着一双惊恐的大眼睛，头发被海水打湿了。

-10-

　　我应约带阿芙拉去看全科医生。这是一间大诊所,有一位说阿拉伯语的医生——法鲁克医生是一个矮胖子,年纪五十上下。他摘下眼镜放在面前的桌子上,旁边是写了他名字的铜牌,电脑屏幕照亮了他的眼睛。他说要先记录详细情况,了解阿芙拉的经历,才好为她检查。说到眼睛疼痛的类型,他问了她许多问题:是锐痛还是钝痛?是不是双眼疼?头疼不疼?能不能看见闪光?阿芙拉如实回答了他的问题。随后他拖过一把椅子坐在她身边,量血压,听诊,最后拿一把小手电照她的两只眼睛。先是右眼,停了一会儿,又照左眼,停顿片刻,又回到右眼。他来回照了几次,然后坐在椅子上看着她,好像陷入了沉思,又好像茫然不解。

　　"你说你什么都看不见?"

　　"是呀。"她说。

　　他又拿电筒照了照她的眼睛。"请问你现在看得见吗?"

　　"看不见。"她镇定自若地说。

　　"你能看出变化吗?比如影子、运动或光?"

"看不出。"她说,"我眼前一抹黑。"

我听得出她声音发颤,坐也不是,站也不是。医生也许注意到了,他放下手电,不再发问。他坐回办公桌,挠了挠脸颊。

"易卜拉欣夫人,"他说,"你能说说你是怎么失明的吗?"

"都是那枚炸弹。"她说。

"你能不能详细说说?"

阿芙拉在椅子上挪来挪去,手指捻着那枚弹子。

"萨米,我儿子,"她说,"他在院子里玩。我放任他去树下玩,我在窗口看着他——两天没落炸弹,我以为没事了。他还是个孩子,他想去院子里和小伙伴玩,可那时候孩子们都走了。他总不能成天待在屋子里,这对他来说就像一座监狱。他穿上心爱的红色T恤和牛仔短裤,问我能不能去院子里玩。我盯着他的眼睛,'不行'两个字说不出口,因为他是个男孩,法鲁克医生,一个贪玩的孩子。"阿芙拉话音铿锵有力、不紧不慢。

"我懂。"他说,"请接着说。"

"我先听见空中传来一声呼啸,我冲出去喊他。"她不说了,拼命地喘气,好像刚浮出水面。我真希望她不要说了。"我刚到门口,就看见院墙外一道强光闪耀,紧接着一声巨响。我肯定离萨米不近,可冲击力太大。那声爆炸太响,仿佛要将天空撕开。"

别的房间传来挪椅子的声音和一个孩子的笑声。

"后来呢?"

"我不知道,我搂着萨米,我先生就在身边,我听得见他说话,可我什么都看不见。"

"你最后看见的是什么?"

"萨米的眼睛，那双仰望星空的眼睛。"

阿芙拉放声大哭，我从未见她这样哭过。她弓着背，哭得撕心裂肺。医生从办公桌后站起身，在她身边坐下。我恍若置身事外，我和他们之间隔着一片越来越宽的沙漠。我看见医生递给她一张纸巾，随后又递给她一杯水。只见阿芙拉蜷缩着身子，我听不见她说什么。他说了些什么，安慰的话，抱歉的话。我的心怦怦作响，听不见身外的一切声音，我和他们相隔太远。他抬高嗓门，我集中精神。他坐回办公桌，戴上了眼镜，目不转睛地盯着我。他一准说了我不曾听见的话。随后他又盯着阿芙拉。

"易卜拉欣夫人，你的瞳孔对光有反应，跟看得见一样会放大收缩。"

"此话怎讲？"她问。

"我现在也吃不准。你需要拍个X片。爆炸的力量或强光可能损伤了你的视网膜，但你失明也可能是严重创伤的结果——我们的身体常常竭力应对我们难以承受的事情。你目睹儿子死去，易卜拉欣夫人，你内心不得不关闭。这类似于我们因太震惊而晕倒。我也不敢妄下结论，只有等你做了详细检查，我们才能找到答案。"说完这番话的那一刻，他显得更加渺小，他扣着双手，眼睛时不时地瞟一眼诊室左边柜子上的一张照片，照片上是一个漂亮的女孩，头戴帽子，身穿学士服。他遇到我的目光，连忙别过脸。

接着，他笔走龙蛇地开了一张处方，说："你还好吧，易卜拉欣先生？"

"我好得很。"

我从眼角注意到阿芙拉挺了挺身子。

"说真的，法鲁克医生，"她说，"我觉得我先生不太好。"

"他怎么了？"他目光离开阿芙拉，看向我。

"我只是睡不好罢了。"我说，"我失眠。"

我看见阿芙拉直摇头。"不，远不是——"

"没有的事，我好着呢！"

"你能详细跟我说说吗，易卜拉欣夫人？"

"难道没人听得见我的话？！"

她搜肠刮肚地想了片刻，说："我说不清楚，法鲁克医生，但我觉得不对劲。他不是我先生。"

法鲁克医生现在直视着我。我笑了。"说真的，阿芙拉，我就是失眠，就是这样。我累坏了，以至于睡在各种荒谬的地方。"他们俩都对我的笑无动于衷。

"比方说什么地方？"

"储物柜，"阿芙拉说，"还有天井。"

医生皱起了眉头，看得出，他想多了。

"还有什么非同寻常的？"

他俩对我熟视无睹。我看了看医生，又看了看阿芙拉。她连忙别过脸。

"他在伊斯坦布尔就变了，他……"阿芙拉欲言又止。

"他？"

"他经常自言自语，要不宁肯对着不在跟前的人说话。"

"法鲁克医生，给几片安眠药让我好好睡一觉。只要睡好了，我就不会在储物柜睡着了。"我觍着脸讪讪地笑着。

"听了你夫人说的话，我很担心，易卜拉欣先生。"

我笑了。"什么？没有的事！就是一些事情在我脑子里横冲直撞。各种回忆，各种安排，类似的事。没什么大不了的！"

"你有没有过闪回，易卜拉欣先生？"

"此话怎讲？"

"脑海中反复出现令人痛苦的画面？"

"没有过。"

"战栗、恶心或冒汗呢？"

"没有过。"

"你的注意力怎样？"

"很好。"

"你有没有觉得麻木、迟钝，体会不出痛苦或欢乐？"

"没有，医生。谢谢你的关心，可我很好。"

医生往后靠在椅背上，越发觉得不解。阿芙拉拉着脸，眼睛暗淡无神。看她坐在那里心事重重，我五味杂陈，悲从中来。

医生并不相信。不过，我们预约的时间到了，他开了一张大剂量的安眠药方，嘱咐我三个星期后再来复诊。

那天下午，阿芙拉不愿去客厅，她在床沿坐了许久。

"我失明不是因为那枚炸弹。"她小声说，"我眼睁睁看着萨米死去，然后眼前一片漆黑。"

我不知如何安慰她，只是默默地陪她坐了一个多小时。我向窗外望去，天空变了颜色，云彩和鸟儿掠过天空。

我们也没起身去拿吃的。老板娘常常从家里端来一锅炖菜或汤，戴着隔热手套端着走过车道，用手肘推开门，放在餐桌中间由我们自取。大伙儿肯定都吃过了，只不过我没注意罢了。客厅传来脚步声、说话声和电视的杂音，开门关门，水沸腾，冲厕所流水哗啦。天空暗了下去，我看见了月亮，朦胧的云彩后露出一弯新月。我盼着穆罕默德，可他不来。我走向扶手椅，坐等……

黎明

……到这里的第十五天，那位戴蓝头巾、怀抱玛莎的母亲突然站起来，跑向照看另一个小孩子的老太太。她一把抓住老太太的肩膀。我起初以为出事了，一跃而起。可我看见那位母亲脸上挂着笑，她松开老太太的肩膀，抬手用手掌揉自己的乳房。

"有奶水了！"[1]老太太说，"太好了！有奶水了！"[2]她画十字，吻那位母亲的手。那位母亲在毯子上坐好，示意老太太看。她搂着玛莎，将乳头塞进她的嘴里，宝宝开始吃奶。看着事情一波三折，我笑了，发自内心地笑了。老太太看见我，抬手和我打了个招呼。

看到所有的这一切，我深信事情会有转机，无论环境多恶劣，世间总还有希望。我们也许很快就能走出这地方。我想起我背包里的钱。这些天，我一直拿我的命守着它，晚上枕着它入睡，不先弄醒我，谁也休想拿走。大家公开谈论小偷，可说到那

---

1 原文为希腊语。
2 原文为希腊语。

些见不得人的勾当，又缄口不言了。

那天晚上，我看见两名少年坐在树下他们平常坐的毯子上，我正琢磨要不要过去，迎面飘来浓烈的科隆香水味，我看见他们往脸上喷须后水。

我走过去，问他们我能不能坐下。他们心存戒备，眼睛看向林子。他们年纪太小、太憨厚，不会拒绝。他们和我握手，自我介绍叫里亚德和阿里，是一对双胞胎兄弟，但不是同卵双胞胎，快十五岁了。里亚德高一些，生得壮实，阿里还没脱孩子气，他们就像两只小狗。对于我的问题，他们有问必答，偶尔两个人互相交谈几句。

他们告诉我怎样逃出阿富汗，逃脱杀害父亲的凶手。父亲去世后，这对双胞胎成了塔利班追杀的目标，母亲催他们快走——在被逮捕前。她不希望失去一对儿子，也不希望失去丈夫。他们告诉我，她哭着吻了哥俩的脸一百下，因为她担心再也见不到他们。他们告诉我，哥俩取道土耳其和莱斯沃斯岛[1]，辗转到了这座城市。兄弟俩举目无亲，正不知如何是好的时候，一名男子劝他们去维多利亚广场，一个众所周知的难民聚集地。

"我们以为那里有人愿意帮我们。"阿里说。

"我们再也不能露宿街头了。"

"那里的长凳全被人占了。"

"而且拉帮结派。"

"里亚德害怕了。"

"阿里更害怕——他夜里吓得直哆嗦。"

"所以他们劝我们到这里来。"

---

1 希腊岛屿。

"这么说，你们认识纳迪姆？"我说，"他帮过你们？"

"纳迪姆是谁呀？"里亚德反问。哥俩眼睛一眨不眨地盯着我，等着我回答。

"我可能听错了。"我挤出笑脸，"就是带吉他的那个人，他胳膊上有伤疤。"

他们飞快地对望了一眼，顿时眼神黯淡，变得不那么友好。

"你说的是艾哈迈德吧。"里亚德说。

"哦，对！我听错了。最近几个星期，我见过的人太多了，而且一向记不住人名。"

两名少年还是不吭声。

"他帮过你们？"我问，"我听说他是一个好心人。"

"他第一晚就帮我们解决了许多麻烦。"阿里说。里亚德推了他一下，轻轻地推了一下大腿，但没逃过我的眼睛。

"我明白了。后来呢？"

阿里不愿回答。他垂头看着地，不看我，也不看哥哥。

"他想把钱要回去？"我问。

阿里点了点头。里亚德翻了翻眼睛，抬头看天。

"多少？"

"我们分期还，行了吧？"里亚德开了口，听起来戒心十足。

"怎么还？你们哪儿来的钱还？"想必我盯着里亚德的新鞋猛瞧，因为他立即将腿收到屁股下。最让我不安的是阿里的反应，我注意到他身子前倾，胳膊紧紧地搂住身子，脸憋得通红。不知道从哪里出现一道阴影挡住了阳光，我抬头看见纳迪姆，他手拿雷贝琴，低头看着我们，脸上露出一丝狞笑。

"你们认识？"他说着，在毯子上挨着我们坐下来，开始弹琴。轻柔的乐曲荡涤着我的心灵，洗却了我心头的杂念和烦恼；暖心的旋律跌宕起伏，令人昏昏欲睡。弹了一个小时的曲子，纳迪姆放下雷贝琴，撇下我们，飘然而去。我看见他直奔林子，决定跟过去看个究竟。我经过一群靠着一条长凳抽烟的希腊汉子，经过两位在树影下散步的女人。我跟着他来到一块空地，在一棵树干皴裂的倒树上坐下，从背包里掏出一样东西，是一把锋利的小刀。他将刀锋贴在左腕，犹豫了片刻，然后四下扫了一眼。我隐到树后，不让他看见我。接着他毫不犹豫地将刀划过前臂。我看得见他的脸因痛苦而产生的褶皱，眼珠后翻，以至于只能看见眼白。胳膊鲜血淋漓，他从包中取出纸巾，按住刚划的伤口。我印象最深的是他脸上的表情，看似很生气。这难道是惩罚不成?

我轻轻动了一下，碰断了一根树枝。纳迪姆抬头，目光落向我，随即眯起眼睛。我退回暗处，不知如何是好，拔腿就跑，我穿过树林，跑回营地。

“出什么事了？”我刚在阿芙拉身边坐下，她就问我。

“没什么。你怎么问这话？”

“因为你喘得像一条狗。”

“哪里的话，我才不呢。我心平气和的。”

她很无奈，轻轻地摇了摇头。这时候，纳迪姆从林子里走出来，往雕像底座上一坐。他和我第一天见到他的时候一样，突然显得形容憔悴——耗干了力气。我等着他走向我，可他看都不看我一眼，而是一根接一根地卷烟，坐在那里抽了一个多小时。

两名少年坐在毯子上抱着手机玩游戏，兴之所至，兄弟俩哈哈大笑。阿里不时抡起拳头捶里亚德的胳膊，里亚德后来被惹烦了，拿起手机，背对着阿里，不给他看手机屏幕。

尽管纳迪姆悠然自得，想着心事，可我看得出他的心思其实在两名少年身上，眼睛始终不离他们俩。

我挨着阿芙拉躺下来，佯装闭上眼睛，暗中却一直观察纳迪姆和两名少年。十点整，纳迪姆起身走进树林。三分钟后，两名少年跟了上去。我爬起身，也跟了上去。我不能跟得太近，免得叫他们发现了，但也不能太远，免得跟丢了。

他们七拐八拐，仿佛沿着一条看不见的路，最后到了林中另一片空地。这里遍地是一堆一堆的垃圾，一方干涸的池塘成了垃圾坑。一眼水泥井中间是一片浑浊的泉水，围着一圈古供水系统的水管。井栏外的一片玫瑰园草木枯萎。瘾君子和毒贩围着井栏徘徊，注射器扔得遍地都是。一群人坐在一座养路工房的屋顶，地上扔了一地的床垫和纸盒——往日生活的遗迹。

两个孩子站在井栏旁，很快过来一名男子，将几张钞票塞进里亚德的手中。两个孩子随后分开，阿里走到喷泉的右边，里亚德等在一旁，另一名男子很快过来，带着他向相反的方向走去。我待了一会儿，他们注意到了我。纳迪姆不知去向，他一准是悄悄溜了。这里不是久留之地，我必须离开此地，返回难民营。

所以我开始往回走，虽然不时走错路，但好歹能回到原路。听到孩子们踢足球，我知道我终于走出来了，很快我便看到了篝火的火光。我发现安吉丽姬又倚着阿芙拉旁边的那棵树坐着。她腿上放着速写本和彩色铅笔，脸贴着树，睡得正香。阿芙拉也睡着了，她头枕着双手，侧身蜷缩着身子，仿佛一个胎儿。我总觉得有人在看我，一回头，发现纳迪姆又坐回在雕像的底座，抽着烟，盯着我。

他举起手，示意我过去。我走过去，坐在他旁边的台阶上。

"我有样东西给你。"他说。

"我用不着。"

"人人都用得着，"他说，"特别是在这种地方。"

"不算我。"

"你把手伸出来就是了。"他说。

我眼睛一眨不眨地看着他。

"快呀！"他说，"把你的手伸出来。别怕，我不害你，我保证。"

他拉过我的手，掰开我的手掌。

"现在闭上眼睛。"

这太过分了。我想抽回手，可纳迪姆紧抓着不放。"快呀，把眼睛闭上。"他咧着嘴说，眼睛映着跳动的火光。

"不行。"说着，我使劲往回抽手，但完全没用。接下来发生的事情，是如此突然又出人意料，以至于我的大脑一片空白，身子完全不能动。他划了我一刀，手腕一阵钻心的痛。我像一只受伤的鸟，握住胳膊；血汩汩直流，滴在我的裤子上。

我拔腿就逃，跌跌撞撞地跑向阿芙拉，哀求她醒醒。她睁开眼，吓坏了。我牵着她的手摸我的手腕，她一骨碌坐了起来，血流出她的指缝。她摸着我的伤口，想按住止血，结果却是枉然。随后我感觉到另一双手。安吉丽姬解下她的绿头巾，缠住我的手腕。

"出什么事了？"阿芙拉问。我回头向雕像望去，却不见纳迪姆的踪影。

安吉丽姬舒了一口气，坐回树下，一脸焦虑。血渗透了裹了一层层的头巾，我的胳膊不住地抽搐。我耗尽了力气，只好躺下来。安吉丽姬笔直地坐着。我合上眼睛前最后见到的是她颀长的脖子，平滑的颧骨在快要熄灭的火光的映照下，显得有些尖锐。

几小时醒来后，已是半夜，我看她依旧保持原来的姿势坐着，眼睛搜索着暗处和隐蔽处。

"安吉丽姬。"我轻轻喊了一声。她转向我，睡意全无。"你就安心挨着阿芙拉躺着吧。我替你一会儿。"

"你不睡了？"她问。

"不睡了。"

她犹豫了片刻，随后挨着阿芙拉躺在毯子上，合上了眼睛。

"奥德修斯，"她突然冒出了一句，"他途经塞壬的岛。你知道塞壬是谁吗？"这不是一个反诘句，她在等我回答。她微睁一只眼皮，发现我心不在焉。我疼痛难忍，集中不了精神听她说什么。

"我不知道。"我说，"你说。"

"她们以歌声引诱水手送死。只要听了她们的歌，就会变成她们的腹中餐。所以，水手们途经小岛的时候，常常用蜡封住耳朵，不听她们的歌。奥德修斯听说塞壬的歌声优美，想一饱耳福。你知道他们是怎么办的吗？"

"不知道。"

"这一点非常关键。奥德修斯要水手把他绑在桅杆上，绑得紧紧的。他叮嘱水手，不管他怎么哀求，都不要放开他，一直到大伙儿安全了，远离塞壬，听不到她们的歌声为止。"

我不吭声，托着缠了头巾的胳膊，竭力不去想剧痛。我看向林子，仔细辨认隐藏在林中看不见的东西。

安吉丽姬接着说："雅典，大伙儿在这地方遭了殃——大伙儿奔着它来，却又拿它没办法，所以走了。"

我注意到毯子上不见了里亚德和阿里。哥俩还没回来，我懒得琢磨他们去了何处，在做什么。我盯着安吉丽姬那块裹着我胳膊、被鲜血浸透的绿头巾，盯着她旺盛、蓬松散乱的卷发，盯着阿芙拉没戴头巾、披散的头发。安吉丽姬很快迷迷糊糊，两个女人都睡了。我想起我们刚来的时候，安吉丽姬说奥德修斯的故事，说他为了回家，不远千里，走遍各地。我们却无处安身。

我摸了摸穆斯塔法写给我的信，信还在我的口袋里。我掏出我们俩的合影，借着火光细看。

如今，家在何方？家是什么？在我心中，家，俨然是一幅金光闪闪的画，是永远也到不了的乐园。我记得十年前的一天晚上，恰逢开斋节[1]，为庆祝斋月结束，我和穆斯塔法在阿勒颇马丁尼·达尔·扎马里亚宾馆为员工组织了一场宴会。宴会是在中庭举办的——中庭种着棕榈树，上方的阳台垂下一只只灯笼和植物。头顶是一方繁星点点的夜空。

宾馆为我们做了一道全鱼宴，佐以米饭、谷物和蔬菜。我们和员工、朋友、家人一同祈祷，一同进餐。孩子们在大人中间跑来蹿去。阿芙拉披着金、红两色的头巾，光彩照人。她牵着萨米的小手在天井穿梭，以饱含全世界温情的微笑迎接来客。

菲拉斯、阿雅和达哈卜也在，连穆斯塔法的父亲都从山中远道赶了过来。老爷子和他的父亲性格迥异，是一个和蔼、谦逊的人。他为儿子的成就自豪，津津有味地吃着食物，和客人们谈笑风生，对我侃侃谈起他的养蜂场。场景如梦如幻——树叶闪闪发光，水烟仿佛丝带袅袅飘入夜空，吊篮中的植物突然绽开光彩夺目的花朵，天井香气四溢。这里恍若书中的地方，我母亲经常在

---

[1] 伊斯兰教三大节日之一，亦称"肉孜节"。伊斯兰教历每年九月为斋戒月份，成年穆斯林在斋月期间，不饮不食。斋月最后一天寻见新月，次日即行开斋。

铺着蓝色地砖的卧室里为我读的那种书。

　　一早醒来，我发现我食言了，我在树上睡着了。安吉丽姬已走。绿头巾浸透了鲜血，我胳膊钻心地疼。老太太在分发袋装食品，我注意到几名非政府组织的义工四处走动。我抬手喊了其中一个，一个二十岁出头的姑娘。我伸出胳膊，她低头看着我，然后连退了几步。她徘徊了一阵，不知所措，随后嘱咐我稍等，不要到处走动，她去喊人过来。她只会哄孩子，没有医学经验，但她可以去请懂行的人过来。

　　我谢过她，她转身离开。一天过去了，那位年轻的非政府组织义工还没回来。我解下绿头巾，发现伤口很深，还在流血。我拿饮用水清洗了伤口，用原来那块头巾重新裹好。

　　向晚时分，我才看见那位非政府组织义工从林子里向我走来。她身后跟着一位上了年纪、肩上背着一个背包的妇女。她们站在我身边，操一种我听不懂的语言交谈了一阵。也许是荷兰语、瑞士语或德语吧，我说不清。随后老太太跪在我身边，打开背包，戴上橡胶手套。她解开头巾，一看到伤口，立即噘起了嘴。

　　"你怎么搞的？"

　　"别人划的。"我说。

　　她关切地看了我一眼，但没吭声。她用无菌棉布仔细清洗伤口，然后拿小镊子，用X字针脚仔细缝合。

　　"我不愿待在这里。"我说。

　　她不吭声。

　　"人家怎么走的？"

　　她放下手中的镊子，看了我许久，然后紧闭嘴唇，继续缝合伤口。她拿干净的绷带包扎伤口,包扎完后才放松肩膀,打开话匣子。

"我本来是想告诉你去斯科普里[1]的。"她说着,吹开落在脸上的头发,"可难民为了越过边境进入马其顿,和那里的警察发生了冲突。马其顿因此关闭了边界,现在没人过得去。你们算是困在这里了。"

"还有别的办法吗?"

"你们可以乘公共汽车去乡下,叙利亚来的人优先。车一星期一个班次。"

"然后呢?"

"你们就待在那里。"

"要待多久?"

她没答话,而是把头发拢到脑后,绾了一个结。我注意到她脖子上挂的一个徽章。她名叫埃米莉。手写的签名下是一个小徽标。

她开始收拾器械。

"那个非洲来的女人呢,另外,有两个少年遇到了麻烦,他们能不能到乡下去?"

"不好说。"她说。随后又说:"不行,我觉得不行。老天,你真不该问我,我担不起这个责任。你不如去找个人问问。"

"找什么人?"

我看得出她左右为难,眼中闪烁着不满,脸气得通红。

"如果你去维多利亚广场——"

---

1 马其顿首都。

"我听说过维多利亚广场。"

"你去的话，可以看到埃尔皮多斯街有一个事务处——希望中心。那里的工作人员援助母亲、儿童和与家人失散的男孩。他们会给你建议。"她一口气说完，然后挤出一个笑脸。

安吉丽姬当晚回来，靠着那棵树坐下。她抹了一脸的爽身粉，戴一条黑头巾，头巾上的银片在火光的映照下闪烁。她抱着一瓶水，一边小口小口地喝，一边审视我胳膊上的伤口。阿芙拉发现她来了，警觉地坐起来，慢慢地靠近她。

"你在干什么呀？"阿芙拉问。

"他们嘱咐我多喝水。"安吉丽姬答道，"因为我的血有毒。"

阿芙拉摇了摇头。

"是这样，我告诉你。我昨天不是跟你说过嘛！我给你说，我呼吸停止了，没有恢复过来。我咽气了，他们要了我的命。有些人想要我的命，他们在我的血里下药。他们下了毒，我的脑子现在坏了。"

阿芙拉不完全明白安吉丽姬说的话，可我看得出，这番话和语气令她动容。安吉丽姬一说完，阿芙拉立即伸手抓住她的胳膊。

安吉丽姬现在呼吸舒缓，她说："幸好有你在这里陪我，阿芙拉。"

林子深处传来雷贝琴的声音，优美、动听，仿佛黑夜里的一线灯光。音符好似触碰到火苗，闪烁、跳动，随风飘进林子深处。音乐抚平了我的思绪。音乐一停，我便立刻想起纳迪姆的长指甲、锋利的刀锋和手腕上火辣辣的感觉。那对双胞胎从昨晚就没回来，我想去找他们，看他们在不在那眼干涸的水井边，或问问有没有人见过他们，可担心和顾虑打消了我冒险进入林子的念头。为了阿芙拉，我要活下去。我只好等，盼着两个孩子平安回来，回到他们铺在树下的毯子上。

我那晚在噩梦中见到了穆罕默德，还是在小艇上，两柱手电光之间，他的脸神情严肃、坚毅。一如那天晚上，片刻的黑暗后，灯亮了，他也随之不见。

梦和那晚如出一辙。我扫视着海面，黑压压的浪，奔向我目之所及的每一个方向。我纵身跳进大海，海浪滔天，我扯着嗓子喊他的名字。小艇传来阿芙拉的喊声。我潜入漆黑无声的水下，尽可能长地待在水下，双手不停地摸索，希望能抓住一条胳膊，或一条腿。等到肺中的空气耗尽，等到死神扑向我，我才浮出水面，对着夜色和风大口喘气。在我的梦中，有一个细节不太一样：穆罕默德没有被男子救上来，他不在小艇上；在他坐的位置上，被头巾裹得严严实实、被女人们搂在怀里的，是一个眼睛乌黑的小女孩。

我被一阵嚷嚷声惊醒。一个小男孩用波斯语喊着什么，黑暗中人声嘈杂，有人跑动，大家醒来，拔腿跑向那孩子。我也爬起来，跟着走过去。那孩子指着树林哭诉。一群汉子好像就等着这一刻，操着棒球棍跑了过去，他们向孩子指的方向跑去。我跟上去，很快发现他们在追一个人。他们像一头体格庞大的动物，扑上去，将他撞翻在地。

这时候，不知谁递给我一个棒球棍。我看着这个扭动、拼命挣扎的人，发现他原来是纳迪姆。地上的他仿佛换了一个人，一脸的惊恐。几个人按住他，其他人轮番揍他。我愣住了，看着他被揍得眼睛翻白，脸上皮开肉绽，胳膊和腿不停地抽搐。

"你愣在那里干吗？"一个人推了我一把，"你难道不知道这家伙是个恶棍？"于是我上前一步，抢起球棍。只听见一阵欢呼，随后我周围的人和一切都消失了，只剩纳迪姆仰面盯着我。他的眼睛顿时来了精神，他盯着我的眼睛，说了几句我听不清的话，我身后一个声音催我快动手。我觉得伤口在抽动。想起双胞胎天真无邪的脸，一股我不曾相识的怒气从胆边生，我抢起棒球棍砸向他的脑袋。

他很快就不动了。我丢下棒球棍，退后几步。一个人踢了他一脚，另一个吐了他一口唾沫，然后一哄而散，钻进树林或返回营地。

我将他的尸体拖进树林深处。这里树木茂密，远离城市和营地的喧嚣。我守着他坐到太阳东升。

借着朦胧的曙光，我深一脚浅一脚地返回营地。途中碰见两个争得不可开交的汉子。我一眼认出了他们，连忙退回隐蔽处。一个汉子坐在纳迪姆坐过的那根劈开的原木上，另一个坐立不安，来来回回跨过一根棒球棍。

"你到底有什么好内疚的？"

"我们杀了人。"

"他掳走了那些孩子。他干的勾当，你是知道的，不是吗？"

"我知道，我知道。"

"如果那是你的儿子，你怎么办？"

坐在原木上的汉子不吭声。

"我是说，你能想象得出吗？"

"我不愿想。"

"他是个恶棍，十恶不赦的恶棍。"

"萨迪克儿子的事，你难道没听说？"

这显然不是一个问句。那汉子坐下来，眼帘垂下，手抹了几把脸。

一阵沉默。我不敢动，甚至不敢呼吸。起风了，我们头顶的树叶沙沙作响，林子里传来脚步声、笑声和若有若无的音乐。

坐在原木上的汉子站起身，对另一个汉子说："一个人怎能做出这种事？"

我没听见回答，因为一群孩子走了过来，至少五六个吧。一个孩子抱着一只足球，另一个孩子拿着手机，手机在播放一首阿拉伯歌曲，几个孩子跟着哼唱。两名汉子借此机会走向难民营。我坐在他们原来坐的地方，手指摩挲木头的棱和槽。我仿佛看见了纳迪姆，他就在我的眼前，就坐在我身边，手拿小刀，自顾划开自己的皮肤，眼中充满了愤怒。

"你怎么了，纳迪姆？"我大声问，"你怎么能做出这种事？"

风声呜咽，代他回答。风卷起落叶撒向我，然后纷纷飘落在地上。欢笑和音乐渐渐远去，孩子们走进树林深处。

我回到营地。安吉丽姬已经走了，我挨着阿芙拉躺下来。

"你去哪儿了？"她小声问我。

"出了点情况。"

"什么情况？"

"你不感兴趣，相信我。现在都过去了。"

我想起了《古兰经》上的一首诗：

对别人仁慈，你也会得到仁慈。宽恕别人，安拉也会宽恕你。

随后又想起《穆罕默德言行录》中的一句话：

先知不以怨报怨，而会宽恕，不予计较。

我盯着我的手，头一回见它们似的翻过来：一只手裹着绷带，另一只拿过棒球棍。我又心生那种恐惧，阿勒颇那种啃噬我的恐惧，生怕风吹草动，以为危机四伏，以为随时都有最坏的事发生，随时丧命。我觉得我处在众目睽睽之下，好像有人躲在林子里窥探我。风吹树林，传来窃窃低语：凶手，纳迪姆死了，凶手。

我把手掌放在阿芙拉的胸口，感觉她胸口起伏，跟着她缓慢、深沉地呼吸。我想起了穆斯塔法的英国黑蜜蜂，我紧紧地闭上眼睛，直到我能看见紫色的田野、翻滚的薰衣草和石楠浪，溢出这个世界的边缘。

* * *

一觉醒来，已是下午。我看了看纳迪姆这些天卷香烟坐过的台阶。我盯着白色的雕像——一位留小胡子的人的脑袋和肩，希腊文的碑文和日期：1788—1825，无名氏。焦头烂额中，我模模糊糊地想起母亲当年为我讲的故事。故事中的雕像可不是什么艺术品或灵物，而是辟邪的护符、财宝的守护神、变成石头的人或动物。有些故事中，鬼怪甚至附上雕像，借他们之口发声。

阿芙拉坐在我身边。我真希望她能看得见，希望她还是原来那个女人，因为阿芙拉一向洞悉世界，她自有一套看透事物本质的本事。阿芙拉知识渊博，身怀撕开人和地方伪装的本事，从当下找出往日的遗迹。我看见纳迪姆留在雕像底座上的雷贝琴，走过去，捡起来。我拨了拨琴弦，想起水一般荡涤我的优美动听的旋律，仿佛斋月日落时分我舌头上的第一滴水，滋润我干涸的心田。这便是纳迪姆的曲子给我的感觉。这个念头让我忐忑不安，心乱如麻。我闭上眼睛，侧耳倾听孩子们玩耍、嬉笑、踢足球。

-11-

今天是我们面试的日子。地铁上，阿芙拉挨着我而坐，我知道她紧张。迪奥曼德抓着扶手。车上还有一个空位，可他不愿坐。他瘦高、残疾的身体在这个公共场合格外显眼。他就好像童话故事中的人物，这节车厢中，唯独我知道他的秘密，真是咄咄怪事。迪奥曼德在温习笔记本上的忠告，小声地念叨着，"这不是一堂历史课，"他用英语说，"他们不用详细了解上一任总统，除非问到。"

我们终于到了一个叫克里登的地方。露西·菲舍尔到车站接我们，将我们带到中心。这是一栋位于僻静小街的大楼。我们走进大楼，过检查站、关卡、安检，工作人员扫描、搜身后才放我们进去。之后，我们坐在等候区，周围是和我们一样惶恐不安的人。迪奥曼德先进去，然后是阿芙拉。几分钟后，我被带进一间长廊尽头的办公室。

这间办公室坐着两个人，一男一女。男子大概四十岁出头吧，由于谢了顶，他干脆理了一个光头。他不看我的眼睛，始终不看我一眼。他请我坐下，认识我似的直呼我的名字。他的目光游离。他有几分傲慢，嘴角浮着令人捉摸不透的假笑。他旁边的女人年纪稍长，一头卷发。她坐得笔直，摆出一副热情的样子。这两位都是移民局的官员。他问我喝茶，还是咖啡，我推辞了。

他先走了一段过场，说这次面试将被录音。他提醒我还有第二次面试，然后和我确认姓名、生日、出生地和战前的居住地。随后问的问题可谓稀奇古怪。

"请问阿勒颇有地标建筑吗？"

"当然有。"

"请列举一二。"

"唔，有阿勒颇卫城，阿勒颇大清真寺，贾姆卢克大酒店，菲尔德斯·马德拉萨，意思是'天堂学校'，奥特鲁什清真寺，法拉杰门钟楼……够了吗？"

"谢谢，够了。老集市是在城北还是城东？"

"在城中。"

"集市都卖些什么商品？"

"琳琅满目，可多了！"

"比如？"

"棉布、绸缎和亚麻布，地毯、灯笼、金银器皿、青铜器，香料、茶叶、草药。我妻子经常在集市出售她的画作。"

"请问你的祖国叫什么？"

"叙利亚。你想听听我是怎么来的吗？"

"暂时不急。这无非是些格式问题，走个程序罢了。"

他顿了顿，看了一眼手中的文件，然后挠了挠闪亮的脑门。

"你见过达伊沙[1]吗？"

---

1 通常被称为恐怖主义组织ISIS。

"没见过，没有亲眼见过。"

"所以你从未和这个组织的人有过来往？"

"没有。当然，大街小巷随处都可以见到他们，但我从没有和他们有过任何来往。"

"你是否被达伊沙拘捕过？"

"没有。"

"你是否与达伊沙合作过？"

"没有。"

"你是否已婚？"

"是的。"

"请问你妻子的姓名？"

"阿芙拉·易卜拉欣。"

"你们有孩子吗？"

"有。"

"几个？"

"一个，男孩。"

"孩子的出生地？"

"阿勒颇。"

"他现在哪里？"

"他死在叙利亚了。"

他顿了片刻，盯着办公桌。他旁边的女人很难过。我开始感到烦躁。

"请你说说他的特别之处，也就是他让你记忆犹新的事。"

"谁？"

"你儿子。我知道这不容易，易卜拉欣先生，但请你尽量回答这个问题，这很重要。"

"好的。有一次，他骑单车下山——我叮嘱过他不要骑，因为从我们家的平房进城是一段陡坡。果然，他摔了一跤，摔断了手指。没接好，指头伸不太直。"

"哪只手？"

"哪只手？"

"哪只手的指头受的伤？右手还是左手？"

我低头盯着自己的手，凭自己的手回忆萨米的手。

"伤的是左手。我知道是因为他的左手合上我的右手，我能摸着他伸不直的指头。"

"他的生日是？"

"二〇〇九年一月五日。"

"你有没有杀过人？"

"没有。"

"你们国家的国歌是？"

"你在开玩笑吗？"

"这是你的回答？"

"不是！国歌叫《领土的守卫者》。"

"你能不能哼几句？不用唱出来。"

我咬着牙哼了几句。

"你喜不喜欢读书？"

"不怎么喜欢。"

"你最近读的一本是什么书？"

"一本关于蜂蜜结晶处理的书。"

"你看不看政治书籍？"

"不看。"

"请问你太太怎么样？"

"像变了一个人。"

"她的职业是？"

"她是一位画家，以前是。"

"请你说说你们国家目前的情况！"

"人间天堂。"

"易卜拉欣先生，你可能觉得这些问题无关紧要，我能理解，但这是甄别的一个重要环节。"

"叙利亚眼下兵荒马乱，民不聊生。"

"你们的总统是谁？"

"巴沙尔·阿萨德。"

"他是什么时候上任的？"

* * *

他问的无非是这样一些问题。你和总统有没有关系？叙利亚的方位？它和哪几个国家接壤？阿勒颇有没有河？叫什么？最后总算问到我这一路的遭遇，我按露西·菲舍尔的指点，从前到后，如实且尽可能详细地告诉了他。面试比我想的难，大多数情况是，我正准备回答他的问题，他又甩出另一个出乎我意料的问题，问得我措手不及，将我引向另一段经历。我如实告诉他我们如何到的土耳其，蛇头租的公寓，穆罕默德，我们怎样去莱罗斯岛、雅典，以及我们在阿瑞斯公园的一个个夜晚。我实话实说，但绝口不提纳迪姆。我不愿他知道我参与了杀人，我可能成为一名凶手。最后，我说到我们辗转来英国一路上的波折，但我没说阿芙拉来英国之前的遭遇——我说不出口。

他告诉我面试结束，关掉录音机，合上文件夹。从靠近天花板的一扇长方形窗户射进来一束阳光，掠过他的笑脸。

我站起来的时候，只觉得两腿发麻，身体好像被掏空了一般。

　　露西·菲舍尔在等着我。阿芙拉和迪奥曼德的面试尚未结束。看见我的脸，她走向自动售卖机，回来时端了一杯热茶。

　　"怎么样？"她问。

　　我不回答，也不吭声。

　　"求你了，"她说，"别灰心，事情就是这样。"她扯着发绺儿说，声音中透着无可奈何，"你知道，我经常这样跟人说，永远，永远，永远不要丧失……"

希望

……在湮灭，仿佛夜晚渐渐熄灭的火。我要从长计议。第二天，我壮着胆子走出公园。我拦住一位路人打听了去维多利亚广场的方向。广场人满为患，遍地垃圾，树下和雕像四周的长凳上坐满了无处可去的人。我认出了不少来自公园的熟悉面孔，一些毒贩在车站周围或广场咖啡馆外的雨篷下转悠。到处是在垃圾桶找食的流浪猫。一条狗伸着爪子歪躺在水泥地上，说不清它是死是活。我记得伊斯坦布尔的流浪狗，我记得我当时满怀希望地站在塔克西姆广场。希望存在于不可知的未来。伊斯坦布尔这座城市给人以希望，可雅典一派凄凉，听天由命。安吉丽姬的话萦绕在我的耳畔："人在这地方，心会渐渐死去，一个接一个地死去。"

这是一座长梦难醒的城市，一个噩梦接着一个噩梦。

一名汉子举着一串解忧珠。"二十欧元，"他说，"上等的宝石。"他一副走投无路、满腹牢骚的语气。这句话听似一个问句，脸上的笑却透着躁狂。

"你看我像有二十欧元的人吗？"说完，我转身走开了。

我抬头看着广场四周的建筑物和从广场延伸出去的几条街。

那些带顶棚的阳台，显示着这里曾经有过更好的日子，现在它们以破旧、褪色的美丽，讲述着一段被人遗弃的故事。墙上画满了我看不懂的涂鸦和醒目的标语，沿途随处可见咖啡馆、花摊、书摊，推销纸巾、铅笔或SIM卡的小贩就好像苍蝇，围着地铁入口，一看见人走下扶梯，立刻一拥而上，跟上去。

卖解忧珠的汉子还站在我旁边，脸上堆着惹人心烦的笑。

"十五欧元，"他还不死心，"上好的宝石。"珠子在阳光的照耀下五光十色。大理石、琥珀、木头、珊瑚和珍珠母。我想起了阿勒颇集市上卖的念珠。汉子将解忧珠送到我眼前。

"十二欧元，"他说，"上等货。"

我抬手用手背推开。那汉子吓坏了，慌忙后退几步，放下珠子。

我伸出手掌。"对不起，"我说，"对不起。"那汉子点了点头，转身要走，但我拦住了他。

"请问去埃尔皮达街怎么走？"

"埃尔皮达？"

我点了点头。

"齐塔什·埃尔皮达吧？"汉子低头用希腊语嘀咕了几句，随后问："你是来寻求希望的吧？埃尔皮达是希望的意思。那地方可没希望。"他神色黯然，随后暗自发笑。"埃尔-皮-多斯。"他一字一顿，指出了我的错误，"埃尔皮多斯街。"他指向右边一条从广场延伸出去的街，然后举奖杯似的举起解忧珠，脸上堆着笑，继续往前走。

我穿过广场，折上一条绿树夹道的街。街尽头有一栋大楼，几扇玻璃门前排着难民长队。门前有婴儿车、轮椅，还有孩子，本地人牵着狗在混乱的人群中穿梭。门开了，几个难民抱着袋子走出来，另有几名走进去。一群人围在街角，或站，或坐在一旁几扇玻璃门外的台阶上。大家互相打着招呼，交谈几句。孩子们一看见朋友，拔腿跑上街。入口的牌子上写着：**希望中心**。种种氛围使我下定决心要离开。

我看见女人和孩子陆续走进大楼，男人待在门外。他们或坐在台阶上，或隔着窗户望着里面，或返回广场。我在门外徘徊。一名男子走到门口，他头戴一副照得见人的墨镜，出门的时候将墨镜架回鼻梁上。看到这副眼镜，我不由得想起那位莱罗斯岛难民营的警官。我正要转身走开，一名男子热情地用阿拉伯语和我打招呼。他说这个中心仅接待妇女和儿童，他们可以进去洗个热水澡，喝一杯茶，孩子在里面玩耍，新妈妈可以奶孩子。

我回公园带上阿芙拉，一道走向维多利亚广场。她默不作声，一路像狗一样嗅着空气，也许是在心中创作一幅幅画——咖啡、垃圾、尿、树木和花朵。

到了希望中心，那位戴墨镜的男子接待了我们，他给了阿芙拉一个排队冲澡的号，并且告诉我几小时后再来。我瞥了一眼窗户，孩子们在右边的一个木框后玩耍。墙上画着画，地上放着一堆乐高积木、球和棋盘游戏。阿芙拉被扶向一张椅子，然后有人给她端来一杯茶和一盘饼干。看她露出笑容，我才离开。

我先回到广场，找了一家网吧。我有一阵子没看过邮箱了，但愿能收到穆斯塔法的邮件。

亲爱的努里：

我上周参加了一个为难民举办的晚宴，席间认识了一男一女。女士在附近一个区负责难民事务，帮新来的难民适应环境。

男子是本地的一个养蜂人。我告诉他们，我有意向难民和求职者传授养蜂技术。他俩深受感动，表示要申请本市的基金，扶持我开办培训班。我希望不久后能为志愿者开实践课。

蜂房日新月异，努里！英国黑蜂和叙利亚蜜蜂有天壤之别。我以为它们在15℃以下不会采蜜，可这些蜜蜂的工作温度低得多，下雨天都不愿闲着。蜜蜂沿铁路，在私人花园和公园采集花蜜。

亲爱的努里，不知你身在何处。每到晚上，我都要在地上铺开地图，想着你到了哪里。我等着你。

穆斯塔法

2016年4月12日

即使在邮件中，我都能感受到穆斯塔法的激动和兴奋，那股伴随他一生的孩子气。

亲爱的穆斯塔法：

久未联系，让你担心，我深感惭愧。我一定会想办法去英国。我们吃尽了苦头。我和阿芙拉现在滞留在阿瑞斯公园，雅典市的一个大公园。我正努力寻找或想出一条出路，我相信我们很快就能离开这里，抵达英国。大多数人困在了这里。来的人多，离开的人少。但我有护照，也不缺钱。我要尽快想个办法，因为我担心在这里撑不了多久。

我想念你和你的家人。我向往英国的薰衣草、石楠田和黑蜂。你做的工作真了不起。等到了英国，我们携手共创大业。

天无绝人之路。

努里

出了网吧，我找了一张长凳坐下来，凳脚边趴着一条半死不活的狗。听我过来，它稍稍抬了抬眼皮，然后又出神地看着来往的行人。一名男子走过来坐在我旁边。他将手机和笔记本放在腿上。他指头敲着笔记本，抬头瞥了我一眼，又张望了广场一圈，然后扭过头。我注意到他大汗淋漓。

"你等人？"我问。

他心不在焉地点了点头。

"你从什么地方来的？"我问。

"叙利亚。"

"库尔德区？"

他盯着我，点了点头，报以一笑，可他的心思在别处。这时走过来一男一女。

"我还以为你们不来了。"他说，"都带来了？"

"你说的都带来了。"男子说。

"走吧。等久了，他要不高兴了。"

我想问他们要见谁，可男子收起手机和笔记本放进背包，然后盯着我的眼睛。现在他恢复了自信。"幸会。"他说，"祝你好运。"不等我说话，他们三个人直奔地铁站而去。

阿芙拉出了希望中心。她换了一条新头巾，身上有淡淡的香皂味，抹了面霜的脸柔和，有光泽。我突然意识到自己浑身发臭。

"阿芙拉，"回公园的路上，我说，"我身上都发臭了。"

"是呀。"她忍住笑说。

"我要找地方冲个澡。"

"那可不。"

"很难闻？"

"可难闻了。"

"你至少可以说句假话呀！"

我闻了闻自己的两个腋窝，想不到我竟然浑然不觉这种味道。"我臭气熏天了。"我说。

"你就像条臭水沟。"她说。我凑过去吻她，她假装脸一板，笑着将我推开了。那一刻，我们俩仿佛回到了从前。

我们进了公园。走在树荫下，我的四肢仿佛灌了铅。我惴惴不安，口干舌燥，这里发生的事历历在目。

"我还没见过这样开阔的天空呢！"一个小男孩对身边的小女孩说。他俩抬起头，我也循着他们的视线望去。今天天高云淡，风停树静，火辣辣的日头，满眼的绿色和黄色，恍若夏日将至。透过树叶，可见碧蓝开阔的天空，和沙漠上的天空一样开阔，天为这个孩子兑现了诺言。

"到了晚上，天上就会出现满天的星斗。"他对女孩说，"你爱许什么愿就许什么愿。"

我和这个小男孩一样，对着蓝天许了一个愿：但愿我能抵达英国。我扬起头，任这个愿望充满我的大脑。我想象黑蜂和蜂房。我回忆穆斯塔法的电子邮件。我回忆我的回信。天无绝人之路。

我们好不容易回到我们的毯子上。蟋蟀现在叫得正欢。双胞胎哥俩还没回来。他们的毯子还放在原地，撑开的伞歪在一旁，伞下放着一双崭新的跑鞋。

夜幕降临，安吉丽姬来了。她裹着毯子，靠着树在阿芙拉身边坐下。她抠着胳膊上的结痂，小伤口开始愈合。她打开毯子，理了理，然后紧紧地裹住肩膀。我注意到她乳房不再溢奶，白上衣残留着干了的奶渍。她开始对我说雅典，她听来的这个文明古国的故事。她告诉我，她看见一队考古专业的年轻学生在蒙纳斯提拉奇[1]火车站附近挖宝。她说到隐藏在教堂下的世界。说完，她不出声了，从包里掏出爽身粉，扑满了脸和两只胳膊，然后小口小口地慢慢喝水，然后两手放在双腿间，看孩子们嬉闹。

我熟悉了爽身粉的味道和安吉丽姬的节奏。安吉丽姬一来，阿芙拉就好像变了个人，她坐起来倾听。尽管安吉丽姬的话，她一知半解。偶尔，安吉丽姬摸摸阿芙拉的胳膊，或推一推她，确信她没有走神。

"看来你不打算说你是从什么地方来的了？"阿芙拉睡着后，我问道。

"索马里，你非要打听的话。"

"你为什么不愿告诉我？"

她解开头巾，理了理，又紧紧裹上。

"我不愿提，因为一提就伤心。"

我沉默不语。她不愿对我说，也许是因为我是一个男人，也许害她的是一个男人。我不愿强人所难，硬去打听她的经历。她也许对我有了一些信任，放下戒心，说："民不聊生，闹了大饥荒。我只能远走他乡，去了肯尼亚。我当时怀了身孕，我不愿孩子出生在家里，遭我这份罪。"她顿了顿，我不吭声。"我进了肯尼亚一个叫达达阿布[2]的大难民营，可听说难民营很快就要关

---

1 雅典市中心的跳蚤市场。
2 位于肯尼亚东北部，是全球最大的难民营。

闭，说是索马里青年党[1]利用难民营走私武器。难民营里人满为患。当局恨不得撵走我们，甩掉我们这个包袱。所以我出走难民营，辗转来到这里。"

她不说了，我看见她在包里翻着什么。最后她翻出一个小钱包。

"我刚到雅典就被拐走了孩子。这里面有她的一小绺儿头发。一天夜里，有人趁我睡着把她从我怀里偷走了。他们在我喝的水里下了药，下了蒙汗药，因为她弄出哪怕一丁点动静和声音，都会惊醒我。他们怎么能在我不知不觉中偷走她？我被下了药，我有数。"

她嗓音嘶哑。我没有多问，但看得出她在琢磨，看得出她的心里、眼中满是关于索马里和孩子的记忆，就好像叙利亚沙漠炽热的、满是黄沙的记忆重新袭来，充斥我的心头。火旺了，火光雕琢出她漂亮的脸庞，可爽身粉让她的脸失去了血色。

"你知道，我常常想起我美丽的祖国：碧蓝的印度洋；金色的沙子、海滩、礁石和恍如白色宫殿的房屋；繁华的城市，遍布大街小巷的咖啡馆和店铺。可现在那里的情况太糟糕了。"她第一次正眼看我，"我不回去了，因为我在索马里没有奔头，一切都没有奔头。现在这个地方，我有奔头。"

"有吗？我还以为你说没奔头呢？"

她思考了半晌才说："我是这么认为的。"

她沉吟了片刻，又说："我想找工作，可没人愿意要我。英语在这地方用不上。这里的人不喜欢我，连希腊人都找不到工作，只能沿街推销纸巾。纸巾才多大销量？这也许是一座物资匮

---

1 索马里主要的反政府武装组织。

乏的城市吧？"她笑了，我突然想起我在学校隔着窗户听到的笑声。

　　第二天早上，安吉丽姬走了，阿芙拉在画画。她盘腿坐在毯子上，双手并用地画一幅画。她右手拿铅笔，左手的指尖摸着纸上的笔迹。一幅画跃然纸上，城市和沙漠相连，看起来仿佛出自梦中。虽然线条和形状变形了，色彩杂乱，可我从画中的线条看见了阿芙拉的灵魂，随着阳光和生命跳动。

　　"这幅画是为安吉丽姬画的。"她说。画完了，她叫我放在毯子底下压着，免得被风吹跑。

　　我们又去了希望中心。我将阿芙拉留在那里，转身直奔广场，希望能见到昨天那名男子。我坐在他原来坐的那条长凳等着。这时候，卖解忧珠的男子从我身边经过，走向地铁站。他举起珠子向我施了一个礼。

　　"你找埃尔皮多斯？"他大声问。

　　"我找到了，谢谢你。"

　　"埃尔皮达是希望的意思。"和昨天一样，他又说了一遍，然后将一块陈面包扔给狗，狗却懒得理会。

　　我花了将近一小时才等到我要找的人。他和一群青年男女站在广场的雕塑下，抽烟、打趣。其中还有两位穿绿色T恤、背背包的非政府组织女义工。我等大部分人散去，才走向小伙坐的一段矮墙头。他打开笔记本记笔记，看起来比头一天放松、随意。

　　我起身过去，在他旁边坐下来。他埋头写了许久，终于抬头瞥了一眼坐在旁边的我。

　　"我能不能向你打听个事？"我说。

　　"当然能。"他答道，却并不放下笔。

　　"我想找蛇头，不知道你能不能帮帮我。我觉得昨天那对夫妇去的正是我要去的地方。"

小伙合上笔记本，在墙头挪了挪，然后面对我笑道："你的眼睛真厉害。"

"难道叫我说中了？你能不能帮帮我？"

"有钱人多半住在学校。"他说，"我可以替你引荐。你想去哪里？"

"英国。"

他和别人一样笑了。"你是疯了？还是有钱人？那是花费最多、最难去的一个地方。"

"花费为什么多？"我问。

"因为不容易去。另外，难民只有到了英国心里才觉得踏实，只要获得避难权，获得帮助的机会大得多。"

我意识到背包里的钱。如果叫人家知道了，我没准会被人图财害命。

"我叫巴拉姆。"他说着，伸出手，"你此话当真？"

"当真。"

"要不要我为你安排一下？"

"那还用说。"

他从背包里掏出手机，走出几步，和什么人说了几分钟。

"你们几个人？"

"两个。"

"明天下午一点，你可以去阿查农一家咖啡馆见面吗？"

我点了点头。不知道为什么，我开始有点不舒服，汗水打湿了我的T恤。

巴拉姆将手机塞进背包，在我旁边坐下。"我明天十二点四十五分过来接你，带你去咖啡馆。切记带上护照，别来晚了，他会不高兴的。"

"我要带钱吗？"

"暂时不必。"

＊＊＊

两个带着大包小包的女人将双胞胎的毯子和伞据为己有。我正要出手拦住这两个不把自己当外人的刚来的难民，突然想到那对双胞胎兄弟也许不回来了。我一直盼着他们露面，坐下来嬉闹、打架、玩手机。出乎我意料的是，两个女人并不觉得生分，她们仿佛刚逃出灾难深重的人间地狱，满意地四下打量了一眼，然后脱下鞋子，踏上毯子盘腿而坐。大约半小时后，打了几个电话，又吃了几个苹果，然后两个人开始用彩色毛线编着什么。她们相对而坐，一个织，另一个拿着线尾。

几个男人在别处有说有笑地打牌。过了一会儿，唱起了乌尔都语[1]歌曲，偶尔夹杂着几个阿拉伯语词。起风了，随风飘来饭菜香和温暖。火哔哔剥剥，有人在做饭。阿瑞斯公园俨然成了大伙儿的新家：毯子和帐篷前整齐地排着鞋子，树上挂满衣服，打牌、听音乐、唱歌。我原本可以从中找找乐子，而不是被旧生活残留的微光憋闷死。

我拖过背包搂在怀里，只有钱才能让我们摆脱目前的困境。明天要去见蛇头，我睡不着。我守着阿芙拉坐了一个通宵，听林子里的声音，看树叶被朝阳染得金黄。

第二天，我和阿芙拉去了维多利亚广场。我们早到了半小

---

1 巴基斯坦官方语言之一。

时，但巴拉姆比我们还早，他坐在一张长凳上，腿上放着笔记本，在写着什么。看见我们后，他站了起来，说让我们稍等片刻，别去咖啡馆太早——蛇头也不喜欢。他坐了回去，继续写着。我想看看，可惜他的字太小。笔记本里夹着一位一身戎装的年轻女子的照片。

"照片中的姑娘是谁呀？"我问。

"我女朋友，她去世了。我在修改我的日记。"

"修改？"

我半晌不吭声。我看向那条半死不活的狗，它抬头看了我一眼，摆了摆尾巴。

"我一到土耳其就被军方逮捕。"巴拉姆终于说话了，他一口气说完，"我们一共三十一个人，被捕后，全部搜身。军方最后带走了我们三个人，把其他人都放了。"

"为什么？"

"因为我们是库尔德人。我记日记。我记了两年。他们从我包里翻出日记本，看到了一个词，仅仅一个词：库尔德斯坦。他们将我带到监狱，问我：'这个词是什么意思？'我说：'库尔德斯坦。'我只能实话实说，因为他们认识。我因此被关押了一个月零三天。他们放了我，但没收了我的护照，外加九百欧元，还一把火烧了我的日记。钱和护照我无所谓，可日记记录了我的生活，他们烧日记的时候，我号啕大哭。他们取了我的指纹，扫描了我的眼睛，我付了两百欧元，看守才放了我。我跑到一座库尔德小镇，在那里给我父亲打了一个电话。"他合上笔记本，手按着封面。

"你怎么还在这里？"我问。

"我要等攒够了钱再走。我哥哥在德国，我想赶在他婚礼前到达。"

地铁的入口处，推销解忧珠的男子走向刚下扶梯的乘客。

"祝你如愿参加哥哥的婚礼。"阿芙拉说。

我们一行三人走向阿查农。到了咖啡馆，巴拉姆不露声色地指着左边靠里一名独坐的男子。他穿一件高翻领黑套衫，一件黑皮夹克，手捧塑料杯，咬着吸管喝冰镇咖啡。这身打扮让人觉得滑稽可笑。我回头想问巴拉姆是不是此人，却不见他踪影。那是我最后一次见他。

我牵着阿芙拉无奈地走向那人坐的桌子，他正咕噜咕噜地吸着最后一滴咖啡。

"下午好。"我用阿拉伯语说。

他抬起头，那样子像是没有料到会有人过来。然后，他一声不吭地揭开杯盖，将指头伸进塑料杯去掏冰块。

"我叫努里，她是阿芙拉。你应该是在等我们吧？"

男子夹住一块冰，扔进嘴里含住。

"你不会说阿拉伯语？"我问。

"请坐。"他用阿拉伯语说。

我和阿芙拉入座。也许是因为我紧张，抑或是因为他沉默不语，我开始东拉西扯。"我们在广场碰到巴拉姆，他说你能帮我们。他昨天给你打了电话，叫我们带上护照，我们都带来了。请看。"

"现在不用。"他突然说。他的话拦住了我伸向背包的手。他笑了一下，也许是想不到我会乖乖听话，然后嘎嘣嘎嘣地嚼着冰块，这使得他的脸看起来犹如一个九岁的孩子。这个男孩的本事着实了不起，搁在往日，他也许在大马士革某个背街蔬菜店里养家糊口。他的眼中闪过一丝黑暗和绝望，和林子里的人无异。

"这是你妻子？"他问。

"是的，我叫阿芙拉。"

"你是盲人？"

"是的。"她回答得很干脆，但语气中暗含讥讽，只有我能听得出。紧跟着，我听到她说了一句："聪明人。"

"那好。"他说，"可怜的瞎女人，不容易引起别人怀疑。你最好摘下头巾，染一头金发。我们帮不上你什么忙。"他对我说："但你并不是完全没希望。你把脸刮干净，穿一件干净衬衫，收拾得精神些。"

放在桌上的手机开始振动、闪烁。他瞥了一眼屏幕，脸色随之一变，脸颊开始抽动，最后一咬牙，翻过手机，倒扣在桌上。

"你们想去哪里？"

"英国。"

"哈！"

"大家都觉得好笑。"我说。

"抱负不凡，但价钱不低。"

我埋下头，背包里的钱让我惴惴不安，觉得好像捧着满满一包鸡蛋。

"去丹麦，两千欧元。去德国，三千欧元。"蛇头说完，顿了顿，"你们最好去这两个地方中的一个。"

"去英国要多少钱？"

"你们俩一共七千。"

"七千！"阿芙拉说，"太贵了！这里到英国的机票才多少钱！"

那人打了个哈哈。她板起面孔，不理他。

223

"这可不是去英国旅游。"他说，"你要支付我们服务费。英国是一个特殊的地方，那里让人觉得更踏实。我们把你们弄过去不容易，那是额外的费用。"

阿芙拉恨不得一口唾沫吐在他的脸上。我抬脚踢了踢她。

"所以我们才想过去。"我说，"我们累了，真的累了。可我们拿不出这么多钱。"

"你们有多少？"

"五千。"

"现金？"

我扭头看了一眼。

那人扬起眉毛。"你随身带这么一大笔现金？"

"不。"我矢口否认，"我手上有些现金，其余的存在私人账户。我什么都能干。我要找工作以攒足够的钱，我愿意捡垃圾，洗车，擦窗户，什么活都愿意干。"

"吓！你以为你在什么地方？这里的本地人都不好找工作。"

"我受够了。"阿芙拉说着，起身要走。我一把拉住她的胳膊。见我豁出去了，那人笑了。

"你可以为我干活。"他说。

"什么活？"

"送送货罢了。"

"就这些？"

"我手下都是些孩子，还开不了车。我想找个能开车的人。你会开车吧？"

我点了点头。

"你不妨为我干三个星期的活。只要你安安分分、守规矩，我们就讲定你们两个人五千欧元。"

"行。"我说着，伸手要和他握手。可他嘴一咧，扑哧一声笑了。

阿芙拉又不出声了，我能感觉到她的愤怒。

"你要过来和我一起住。"他说。

"为什么？"

"省得你开车连人带货跑了。"

塑料杯里剩余的冰块化了。他俯下身，咬住吸管和先前一样咕噜咕噜地一阵猛吸。

"只有这样你才不会跑路，因为阿芙拉在我手里。你是叫这个名字吧？"不等她回答，他抬起手，向服务生要来纸笔，写了一个地址。

"明天晚上十点，你们到这里见我。如果你们不来，我就当你们改变了主意。"

回到公园，已经是半下午了。一些孩子在帐篷和毯子之间的空地踢球。一帮孩子为弹子吵得不可开交。两个孩子拿石头和树叶搭了一座村子。能离开这里，让我打起了精神，给了我盼头。我在一群群孩子中搜索，希望能看见穆罕默德。那双黑眼睛，充满了恐惧和好奇，仿佛就在我的眼前。从我脑海中消失的是萨米，无论我如何努力都不能让他起死回生；我想不起他的样子，我想不出。

安吉丽姬已经坐在树下等我们。她脸上敷了一层爽身粉，手放在腿上。她这时候的样子，给人一种死气沉沉的感觉，一种我不忍去看的孤独。远处传来一个婴儿的哭声。我发现她的乳房又开始溢奶了，她浑身散发着一股浓烈的奶馊味。

阿芙拉让我从毯子下拿出那幅画，她要亲手送给安吉丽姬。

"你画的？"

阿芙拉点了点头："为你画的。"

安吉丽姬看看画，又看看阿芙拉，久久地凝视着她。我看得出她眼中的疑问。有好一会儿，她没有说话。她手拿着那幅画坐在那里，时不时地低头看一眼，随后又抬起头，看玩耍的孩子们，抑或想着心事。

"在这里，"她说，"什么都藏着掖着，不愿示人。可这幅画让我想到了另一个世界，一个美好的世界。"也许她知道我们要走了吧。她忍不住哭出声，一夜不愿离开阿芙拉，挨着她躺下，一只手搭在她的胳膊上，两个人好像一对姐妹或老朋友，相拥睡了一夜。

-12-

    面试后的一天早晨。迪奥曼德和摩洛哥人在客厅喝他们新近最喜欢的饮料：奶茶。他们准是听见了我起床的声音，因为餐桌上一个热气腾腾的大口杯等着我。我在餐桌前坐下，阿芙拉还在梦乡。

    我捧着那杯热茶，踱到玻璃门前向外张望。天井今天洒满了阳光。中间那棵盘根错节的樱桃树上栖满了小鸟，想必有三十来只，叽叽喳喳叫个不停。老板娘家花园的木栅栏关不住红色、紫色的花朵，石板地上满是落英。我在窗帘后找到了钥匙，开门透气，也透进来淡淡的海腥味。

    迪奥曼德告诉摩洛哥人面试的经过。

    "我觉得非常顺利。"他说，脸上的每一个角落都绽放着笑容。

    摩洛哥人举手和他击了一个响亮的掌。

    "我信了你的话，都对他们说了。妈妈、妹妹、艰难的生活。可他们问的问题真奇怪。"

    "比方说？"

"国歌的歌名。他们还要我唱几句。"

"你唱了吗？"

迪奥曼德起立，手按着胸口，笑容满面、乐呵呵地唱道：

"希望的国土，我向你致敬，

一个友善好客的国度；

你英勇强大的军队，

恢复了你的尊严。

"亲爱的科特迪瓦，

儿女们因缔造你的伟大而自豪，

团结一致，快快乐乐地

将你建设成光荣的国家。

"科特迪瓦自豪的公民，祖国在召唤我们。

如果我们和平争取了自由，

我们便有责任为实现博爱的理想树立一个榜样，

怀着新的信念一齐进发

祖国亲如兄弟是一家。"

"你会国歌的英文版？"

迪奥曼德点了点头。

"你用英语为他们唱的？"

"对呀。"

"怎么了？有什么不妥吗？"我问。

"歌词描绘了一幅积极向上的画面！"

迪奥曼德坐下来，闷闷不乐地说："可我告诉了他们，我告诉他们民不聊生。我对他们说了利比亚、监狱，他们打我，打得我都以为自己快不行了。我说因为内战，我的母亲和姐妹生活艰难。我找不到工作，妈妈催我寻求更好的生活。我都说了。我说这里有希望，我能找到工作，我会扫地、做饭、教书，我会的可多了。"

鸟儿安静了下来。迪奥曼德弓着背，T恤下的肩胛骨仿佛一对展开的翅膀。"我还告诉他们，我的祖国景色优美，我真舍不得走。"

摩洛哥人盯着天井，若有所思，时而抬头看我一眼，好像有话要问，可终究没问出口。

迪奥曼德打定主意去集市逛逛。"我能听到，"他说，"一直放的这好听的曲子，能看到海面上的灯。去不去？"

摩洛哥人见有人做伴，顿时来了精神。"老头儿，"他说，"我们走吧！能见到阳光、大海，能听听音乐，我们的困难和烦恼都不值一提。"

他们硬要拉我去。两个人一边一个，拽着我的手上楼准备。

我走进卧室，看见阿芙拉已经穿好衣服，坐在床沿。她在哭。我跪在她面前。她的泪如两条暗河，滚滚而下。"怎么了，阿芙拉？"我问。

她用手背揩了揩脸，眼泪却止不住。

"自从我对医生说了炸弹，心里想的全是这事。我看见了萨米的脸。我看见他眼睛看着天。我不知道他是什么感觉，疼不疼？他抬头看天的时候，不知是什么感觉？他知道我在他跟前吗？"

我握住她的手。可我没法久握，一股热流沿着我的脊梁涌入

229

脖子、脑袋。我放开她的手，离她远远的。

"我打算陪摩洛哥人出去走走。"

"可……我……"

"我陪他和迪奥曼德出去走走。"

"行吧。"她平静地说，"祝你开心。"我们上了木码头，走进露天市场，坐上滑梯、云霄飞车和碰碰车呼啸而过的时候，她的话还萦绕在我的耳畔，语气中透着太多的伤感。即使在迪奥曼德说到象牙海岸时，"祝你开心"还在我脑海中回荡。

"大海清澈得像水晶，"他说，"哪像这里，这里太脏了。不！家乡的大海好像天空。太清了！你看得见一条条小鱼在水底游，就好像玻璃。落山的太阳染红了一切，天空、大海。你们真应该见见。"他把手伸向天空，我不由得想起了阿芙拉的画。我们沿着防波堤走，所以离水很近。

我们进了拱廊一间充斥着酸腐和冰冻果汁味的咖啡馆。摩洛哥人带了零钱，为我们一人买了一杯鲜红的饮料。捧着饮料，我们回味象牙海岸的天空。碎冰做的樱桃味饮料味同嚼蜡。

"你太安静了。"迪奥曼德对我说。阳光将他的黑眼睛染成了温暖的棕色。

"叙利亚的大海是什么样的？"摩洛哥人问。

"我家靠沙漠。"我说，"沙漠和大海一样凶险、美丽。"

我们三个人坐在那里，沉默了许久，出神地看着对面的大海，也许想象着各自的家乡，我们失去的岁月，带不走的回忆。

往回走的时候，太阳已经偏西，一阵大风吹过，码头的桩摇摇晃晃、吱嘎作响。

回到客栈，我发现阿芙拉不在客厅，也不在厨房。我去卧室找她，发现她躺在床上，脸上泪迹未干。她手指捏着弹子，来回捻着。她不时将弹子滚过嘴唇，或手腕。

我进门的时候，她不理我，等我挨着她躺下，她却说："努里，你收到穆斯塔法的邮件了吗？"

"你能不能别打听这事？"我说。

"不行。我们因为他才到的这里！"

我无言以对。

"你迷失在了黑暗中，努里。"她说，"这是不争的事实。你现在真的身处黑暗。"

我盯着她的眼睛。这双眼睛充满了恐惧、疑问和渴望，我原以为失落、迷茫的是阿芙拉，她深陷悲痛，不能自拔。可现在我发现她是那么镇定，千方百计地想解开我的心结。我躺到她睡熟，才奔下楼。

客厅今晚安安静静的。摩洛哥人在厨房打电话，他来回踱着步，偶尔抬高嗓门说几句。迪奥曼德从集市回来冲了一个澡后，待在卧室不出来。两三位房客围着餐桌打牌。我在电脑前坐下。客厅里电视机的光忽明忽暗。

我趁自己没改变主意，连忙登录电子邮箱。收件箱里有一封穆斯塔法的邮件。

我最亲爱的努里：

不知你是否离开了雅典，不知你和阿芙拉是否安好，我寝食难安。但愿你踏上了和我们相聚的旅程。今天下雨，下了一天，我想念沙漠和阳光，但这里并非一切不好，努里，你要是来看看就好了。这里的春天五彩缤纷，鸟语花香。我刚为学员办了为期一周的实践班。有一名学员是叙利亚妇女，她带母亲和儿子到的这里；有一名是刚果难民，他有在丛林采蜜的经验；还有一名阿富汗学员，她已经咨询怎么养第一只蜂后了！

我现在养了六箱教学用蜜蜂，这个项目蓬勃发展。这些蜜蜂很温和，不像叙利亚蜜蜂，我甚至不用戴防护用具割蜜。我懂它们，它们的调子变了才会蜇人。和它们亲密接触是一种曼妙无比的感觉，我逐渐了解了它们。黑蜂嗡嗡的歌声优美动听。听它们的歌声，阵阵蜜意会充满心田。

可这歌声常常让我想起我们失去的一切，我无时无刻不惦记着你和阿芙拉。盼早日回复。

穆斯塔法

2016年5月11日

我打了一封复信，发送出去。

亲爱的穆斯塔法：

我和阿芙拉辗转到英国已有两个多星期，没尽快和你联系，是我不好。这一路吃尽了千辛万苦。我们现在在英国最南边的一家海滨客栈。我要待到通过面试，不知我们能否获准避难。我很担心，穆斯塔法，我担心被遣返。听说了你的项目，我非常高兴。盼望早日相聚。

努里

我回想着回信中冷冰冰的腔调，事实是我来了这么久却未曾和表兄联系。我来英国是因为穆斯塔法，我出逃雅典是因为他给我的希望和决心，可不知不觉中内心的黑暗已将我吞噬。

我又发了一封信：

穆斯塔法，我觉得不好。到了这里后，我心情沮丧，觉得我迷失在了黑暗中。

我正要退出邮箱，一封邮件弹了出来：

努里！你终于到英国了，我太高兴了。这不啻天大的喜讯！请告知你现在的地址。

我去卧室从信封上找到了地址，回到电脑桌前，抄好，发送出去。我没和穆斯塔法多话，此后也没收到他的回复。

我在扶手椅上睡着了，一觉醒来，天色已晚，客厅空荡荡的。木门外传来弹子滚动的声音。我起初看不见穆罕默德，但随后发现他坐在桌子底下，身穿上次那件红T恤和蓝短裤。

我蹲下来看着他的眼睛。"你在那下面干什么呀，穆罕默德？"

"这是我的家，"他说，"和《三只小猪》里一样的木头房子。你不记得你给我讲的故事了？"

"我给你讲过这个故事吗？我就给你讲过一个故事——青铜城市的故事。这个故事我只给萨米讲过，那本书是我那天逛集市时在一个摊子上发现的。"他充耳不闻，只顾将弹子推过木头的裂缝，然后塞在地毯下。

"你喜欢我的家吗？这个家不像家里的房子那么容易倒。你看漂不漂亮，努里叔叔？"

我的脑袋一阵剧痛，突如其来的剧痛。我不得不站起身，闭上眼睛，手指使劲地按着额头。

　　穆罕默德拽了拽我的裤腿。"努里叔叔，你愿意跟我来吗？"

　　"去哪里？"

　　他将手塞进我的手里，拽着我走向前门。我刚打开门，就发现不对劲，眼前，建筑屋顶露出的天空闪烁，白一阵，红一阵；不远处传来一阵刺耳的声音，金属摩擦着金属，好像一个活物被拖至死；一阵风吹过，送来了烟火和焦煳味。我揽着穆罕默德的手穿过街道。残垣断壁犹如一具具躯壳，后方的天空亮如白昼。我们沿路走着。穆罕默德拖着脚走在尘土中。尘土太厚，我们就好像蹚过厚厚的积雪。街头随处可见被焚毁的汽车，废弃的阳台垂下一件件洗过的衣服，街头拦着横七竖八、低垂的电线，人行道上垃圾成堆。穆罕默德拽着我的手，一路向山下跑去，最后来到凯科河边。河水波涛滚滚，比往日阴沉。

　　"那些男孩原本就在这里。"穆罕默德说，"我穿的是黑衣服，他们看不见我，没把我扔进河里淹死。安拉保佑我。"他睁着一双大大的黑眼睛抬头看着我。

　　"嗯，"我说，"准是的。"

　　"他们都在这里，"他说，"淹死了，沉在河底，上不来。"

　　我定睛细看，看见了水中的四肢和脸。黑暗中，我只能辨认出模模糊糊的轮廓，知道那是什么后，我退后一步。

　　"别，"穆罕默德说，"别怕。你不能不下去。"

　　"为什么？"

　　"只有这样你才能找到我们呀。"

　　我上前一步。河水浑浊，但我看得见水下扭动的影子。

　　"不行，穆罕默德，我不下去。"

　　"为什么？你怕了？"

"我当然怕！"

他笑了。"怕水的从来都是我呀！我们换换吧？"

他踢掉鞋，蹚进水里。

"穆罕默德，别！"他不理我，继续往前走。水没到了他的膝盖、大腿，最后没到了他的胸口。

"穆罕默德！你再不回来，我就生气了！"穆罕默德不理会。我上前一步，又上前一步，再上前一步，走到水没到我的大腿。不知什么东西擦着我的腿过去了，也许是一条鱼，也许是一条蛇。前方漆黑的水面下有个小东西闪闪发光，我舀起来捧在手里，原来是……

 钥匙

……被放在我的掌心。"你别客气。"蛇头说着，嘴一咧，露出一颗包银的牙。他住的公寓远离雅典市中心，紧邻海滨。公寓的电梯坏了，我们爬了三段楼梯。这是一套弥漫着陈年香料味的小公寓。

一条狭窄的走廊尽头，一间形状怪异、不对称的起居室通向三间卧室。每一扇窗户都正对着周围大楼的砖墙和通风系统。蛇头得体地自称康斯坦丁诺斯·福塔基斯。想不到他一个希腊人却能说一口地道的阿拉伯语，细看他的相貌和肤色，竟一时拿不准他是哪里人。

他给我的是卧室钥匙。地上铺了两张床垫，一张旧的毛皮地毯用作毯子。房间里有一股潮湿的气味，墙上挂着绿色的霉斑，通风孔嗡嗡作响。对面的大楼伸手可及，别的公寓排出的热和水蒸气聚集在两栋楼之间，卧室里也郁结了不少。

这地方睡觉不舒服，但比公园好一些。我不敢说是否安全，福塔基斯先生的神色让我很不安。也许是因为他沙哑、瓮声瓮气的笑，抑或是小拇指戴的那枚金图章戒指。比起在咖啡馆，他现在显得较为狂妄。但他热情好客，把我们当家人一样引进公寓，甚至硬要帮我们将行李提进卧室。他领我们去浴室，教我们用水龙头，因为热水经常会变成冷水。他一一介绍了冰箱里的食物，嘱咐我们想吃什么尽管拿，不必客气。我们俨然成了他的贵宾。一张绿色的小铜桌上放着一只掐灭的大麻烟蒂和一卷面额二十英镑的钞票，这证实了我要运送的是何种货物。

当天深夜，福塔基斯先生接待了两位客人。来客进门就往沙发上倒，像孩子一样捣鼓了好一阵遥控器。我觉得他们是一对兄弟，一位稍胖，一位稍高，但相貌无异，眉毛倒竖，鼻子比较长，两眼间距紧凑，仿佛吃了一吓。

晚上十点左右，福塔基斯先生吩咐我去送第一趟货。总共五个白箱子，分送到雅典五个不同的区。他将地址、发货单、收件人的姓名或绰号交给我，又给了我一部全新的苹果手机。手机只能用于工作，如果我打了别的电话，他会知道。他另给了我一部车载充电器，并确保漫游开关是打开的，方便我用谷歌地图。

"开车小心，别撞了人。"他皮笑肉不笑地说，"你没买保险，又没有驾照。"

正准备动身时，回头见阿芙拉躺在床上，手攥着房门钥匙紧紧地贴在胸口。我过去吻了她的额头，安慰她放宽心。她却将钥匙递给我。

"为什么要给我这个？"我不解。

"我希望你把我锁在里面。"她说。

"为什么不将房门反锁？那样的话，你想出来还能出来。"

阿芙拉摇了摇头。"不行。"她说，"我希望你把我锁在里面。"

"我知道那几个男人靠不住，"我说，"但我觉得他们不敢造次。"

"行行好，"她说，"我不想拿钥匙。我希望你拿着，我想知道你保存着。"

"你当真？"我说。

"当真，我当真。"我听得一头雾水，但还是答应了她，将钥匙揣进屁股口袋。那天晚上，我不时摸一摸，确定它还在。钥匙让我惦记阿芙拉，提醒我她孤零零地在那间潮湿的卧室等着我。钥匙让我想起了砖墙、排气管和客厅里的几个男人。钥匙给了我坚持下去的决心，尤其是太阳出来前漫长的几小时。我沿着陌生的行车道驱车数英里，经过偏僻的村庄和小镇。她给我钥匙，恐怕是要我记着她，别撇下她，别开车远走高飞。

这是一个清朗的夜晚，繁星满天。第一个投递地点紧邻比雷埃夫斯港，离我们从莱罗斯岛乘船过来上岸的地方不远。我按卫星导航系统的指点拐进一条偏僻的小巷，小巷两旁的房屋整洁，都装了雨篷。一名男子早站在一棵橄榄树下，抽着烟等我。我下了车，打开白色货车，将箱子交给他。他嘱咐我稍等，然后走进一栋公寓楼，磨蹭了将近十分钟才出来，手里捧了一个装着另一个包裹的白包。他嘱咐我不要碰，也不要打开。东西少与不少，福塔基斯先生都有数。

早晨五点返回雅典市中心的时候，太阳正从海面冉冉升起，远处岛上隐约可见灰蓝色的山峦。我打开车窗，聆听沙沙的风声和涛声。不一会儿就驶离泛白的岸线，奔城里而去，左右随处可见涂鸦、鳞次栉比的公寓楼和影影绰绰的山峦。

回到蛇头的公寓，个个都还在睡。主卧传来阵阵的鼾声，两兄弟胳膊搭在对方身上，睡在沙发上。我打开门，走进卧室，阿芙拉兀自坐在床上等我。

"你没睡吗？"我问。

"没睡。"她搂着膝盖。

我挨着她在床上坐下来。"我回来了。"我说，"你为什么不躺下？"她仰面躺下来，尽管卧室温暖、湿润，但她瑟瑟发抖。我懒得脱衣服，手捂着她的胸口，和衣一躺，听着她的心跳睡了过去。

我们一觉睡到半上午。厨房里盘盏和刀具叮当作响，吵醒了我不少次，可我硬逼着自己入睡。我不愿在这个世界醒来，我的梦好过现实。阿芙拉应该也有同感，因为她一直躺到我起床。

第二晚几乎和前一天晚上一样，除了一名男子的收件地点是一艘船。拿到货后，他驾船驶向茫茫大海中的一座小岛。

日子就这样过着，白天睡在阿芙拉身边，睁眼就能看见窗外的砖墙，耳边通风系统轰轰作响，晚上则在雅典和郊外走街串巷为陌生人送包裹。

三个星期过去了。我们这样过了一个月，早过了福塔基斯先生许下的日子。他说是在想办法解决我们的护照和航班。我有时候不相信他的鬼话，有时候想到他有朝一日将我们扫地出门，到头来一辈子困在雅典，回到阿瑞斯公园。对我来说，那里无异于地狱。

有一天，他敲响了我们卧室的门——那是下午时分，我正躺在阿芙拉身边打盹。我起床走进客厅，他递给我一个塑料袋。袋子里装着给阿芙拉的过氧化物染发剂，给我的剪刀、理发推和剃须膏。"我希望你们把自己收拾好，一会儿拍护照用的照片。"他宣布。

回到卧室，我解下阿芙拉的头巾，放开她的黑发髻，按盒子上的说明将她的头发分成几绺儿，然后抹上难闻的药膏。保持了四十五分钟后，去卫生间的水槽洗干净。我递给她一条毛巾，然后去客厅等她。福塔基斯先生泡了新鲜的薄荷茶——他在窗台上种了几盆药草，在潮湿的空气中长势似乎不错——我们坐着，用小杯子喝茶。

阿芙拉走出卫生间，乍一见恍若变了一个人。金黄的头发显得她更高挑了，颧骨也更加削立。尽管浅色的头发本应显得她皮肤更黑，可不知怎的，反而衬出她皮肤白皙，白得让我想到了灰烬和白雪。她的灰眼睛显得更深了，往我身边一坐，顾盼生辉。

"我闻到了薄荷味。"她说。福塔基斯先生端给她一杯，他的眼睛不离她左右。

"你像变了一个人！"他笑着说，"想不到一点小的点缀就能让人焕然一新！"他的声音里有某种东西，让我很不舒服，第一天来这里时就有了。说话时，他镇定自若，却掩饰不住好色和贪婪的本性。

我剃了头发，刮了胡子，换上福塔基斯先生的一件浆得笔挺的衬衫。两兄弟中的高个过来为我们拍照。他让我们在从窗户透进来的阳光中摆好姿势，直到他觉得满意才按下快门。

晚上我继续送包裹。包裹太多了，久而久之，我经常能碰到同一位收件人。他们渐渐和我熟络，开始信任我，偶尔散给我一支烟。我昼伏夜出，看不见太阳，我和阿芙拉俨然成了一对夜猫子。

一个星期后，护照办好了。我们新取的名字叫格洛丽亚和布鲁诺·巴雷西。

"你们现在是意大利人。"福塔基斯说。

"如果人家问起怎么办？我们一句意大利语都不会说。"

"但愿别有这种事。你们从这里飞去马德拉[1]，然后从马德

---

1 位于北大西洋中东部，属葡萄牙。

拉转机去英国。没人知道你们不会说意大利语。千万别说阿拉伯语！尽量闭上你们的嘴！"

日子和机票都定了。福塔基斯先生给阿芙拉买了一件上好料子的红裙、一条瓦灰的围巾，围巾上绣着与裙子一色的红碎花。这身打扮漂亮而简单。他又送了她一件牛仔夹克、一个手包和一双新鞋。他给我的是一条牛仔裤、一条皮带、一件崭新的白衬衫和一件套头毛衣。他要我们穿上衣服，务必要装得真像那么回事。

"你们真是一对俊男靓女，"他笑着说，"看起来就像从杂志上走出来的。"

"我什么样子？"过后阿芙拉问正准备去送货的我。

"你都不像你了。"

"难看吗？"她问。

"不难看，"我说，"当然不难看。你一向是个美女。"

"努里，这下全世界都能看得见我的头发了。"

"还真看不见，"我说，"因为换了一个颜色。"

"人家能看得见我的腿。"

"那是格洛丽亚·巴雷西的腿，不是你的。"

她咧嘴笑了，眼睛却看不出笑意。

我们第二天出发，当天晚上的包裹比平日多。我将阿芙拉锁在卧室里，钥匙往咖啡桌上一搁，便开始清点包裹，一个一个从清单上划掉。这时候，福塔基斯进来告诉我去机场的安排。随后他帮我将盒子搬到楼下的货车上。快出雅典城的时候，我才发现忘了拿钥匙。我不能回头去取，因为要见十个人，时间都定好了。只要一个送晚了，后面个个都要晚。我只好赶路，尽量不去想阿芙拉。清晨回到市区，我才想起她。

回到公寓，我立即冲上螺旋楼梯，进了客厅，钥匙却不在我当初放的咖啡桌上。我们的房门紧锁。我敲了敲门，没有人应。

"阿芙拉，"我轻轻地喊了一声，"你睡了吗？你开开门！"我耳朵贴在门上，没有听到任何回答和动静，只好准备去沙发上补几小时的觉。我刚要躺下，就听见钥匙开锁的声音。门开了，阿芙拉站在门口。我盯着她的脸，立即看出了异样。对面大楼反射的早晨的冷光照着她脸上的一道划痕，一道猩红的划痕，从左眼一直到颚骨。金发乱糟糟地堆在她脸上。这一刻，她不是我妻子。我认不出她了，她简直判若两人。不等我说话，她转身进了卧室。我一跃而起，连忙跟上去，紧紧地关上门。

"阿芙拉，出什么事了？"我问。她背对着我，蜷缩在床上。

"你不愿告诉我？"我伸手去摸她的背，她却一缩，让开了。我躺在她身边，不去碰她，也不说话。到了半上午，她才开口。我始终未合眼。

"你真的想知道？"她问。

"当然。"

"因为我说不准你是否真的想知道。"

"我当然想知道。"

过了半晌，她才说："他走进来——福塔基斯。我以为是你，因为是你锁的门。我不知道他有钥匙。他进来靠着我躺下，就是你现在躺的地方。我发现不是你，他一凑近，我就闻出了他的体味。我大声呼救，可他捂住我的嘴，他的戒指划破了我的脸。他说如果我不老实，你回来见到的就是一具尸体。"

她无须再多说什么。

-13-

　　海鸥在辽阔的蓝天飞翔，它们划过天际，一头扎进大海，又浮出海面，拍拍翅膀飞向天空，越飞越高，飞进天堂。一束五彩的气球腾空飞起，越来越小，消失在远方。周围人声嘈杂，不知谁捉住了我的手腕，摸我的脉搏。

　　"脉搏很强。"男子说。

　　"他在这里干什么呀？"一名背对阳光的女子问。

　　"也许无家可归吧。"

　　"可他为什么躺在水里？"

　　两个人都没问我，我也不觉得自己会说什么。男子放下我的手腕，拽着我的胳膊将我拖上沙滩，然后扭头走了。女人站在原地，低头看着我出神，好像我是一头海豹。她解下外套，替我盖上，又往我下巴下掖了掖。我想对她笑，却笑不出。

　　"不要紧了。"她说。她俯看我，声音哽咽，眼中有光。我想她也许在哭。

　　男子很快抱来几条毛毯。他帮我脱下湿漉漉的毛衣，为我裹上毛毯。片刻之后，我看见蓝色的闪光灯，几个人将我抬上一副担架，然后上了暖烘烘的救护车。救护车一路鸣着警笛，风驰电掣地穿过大街小巷。我闭上眼睛，听凭旁边的急救医生为我量血压。

一觉醒来，我发现我躺在医院的病床上，身上连接着一台心电监护仪。邻床是空的。一位医生过来，她想要核实我的身份，想知道我为什么身子泡在海水里睡着了。她告诉我，被送入医院时我体温过低。

"我叫努里·易卜拉欣。"我说，"我过来多久了？"

"三天。"她说。

"三天！"我一骨碌坐起来，"阿芙拉要担心死了！"

"阿芙拉是谁？"

"我妻子。"说着，我去摸口袋，却发现我没穿裤子。

"我的手机呢？"

"我们没发现手机。"她说。

"我要联系我妻子。"

"你把电话号码和地址给我，我帮你联系。"

我说了客栈的地址和老板娘的姓名，我不知道电话号码。医生问了我许多问题：你是不是想过自杀，易卜拉欣先生？你记性可好？你有没有发现自己经常忘事？你是不是每天丢三落四的？你是不是觉得糊涂、心烦意乱？我尽量如实回答。没有过。我记性好得很。不，不，没有的事。

他们为我做了脑部扫描检查，然后带我去吃午餐。午餐吃的是豌豆、土豆泥和一块无滋无味的烤鸡。我现在肚子是真饿了，将盘中的食物一扫而光。吃完饭，我坐在床上哼一首小时候母亲经常为我唱的歌。我怎么都想不起来。我忘了歌词，但旋律轻柔舒缓。经过我病房门口的病人纷纷侧目。一位扶着齐默式助行架的老太太在我病房门口徘徊，我觉得她都学会了。我不知不觉睡着了，一觉醒来，发现邻床躺着一位妇女。她怀有身孕，手扶着隆起的肚子。她也唱着这首歌，她记得歌词。

"你知道歌词？"我不解。

她脸转向我。日光灯下，她的脸黝黑、圆润、光洁。

"我从小就会。"她说。

"你是哪里人？"我问。

她不理我。她仰面躺着，手摩挲着肚子，嘴里哼着歌，仿佛对未出世的孩子说悄悄话。

"我申请了避难，"她说，"但被拒了。我求爹爹告奶奶，就这样在这个国家待了七年。"

"你是哪里人？"我又问了一遍，可突然我的意识模糊了，只隐约听见她在说话，头顶柔和的灯光闪烁，渐至漆黑。

第二天早晨，病房静悄悄的，邻床空了。一位护士过来通知我，有人探视。她话音未落，我就看见摩洛哥人向我走来。

他在靠床的一张椅子上坐下，伸手一把拉住我的胳膊。"老头儿，"他说，"我们为你操碎了心。"

"阿芙拉在哪里？"

"她在客栈。"

"她还好吗？"

"你好好休息，我们晚点再聊。"

"我想知道她好不好。"

"你以为她怎么了？她以为你不在人世了。"

半晌，我们都没吭声。摩洛哥人不着急走，他靠着我的床，抚摸我的胳膊。他不打听我去了哪里，为什么睡在沙滩上；我也不说我半夜走进大海。他什么都不问，也不走。一开始我很恼火，因为我一心想哼那首摇篮曲。他一直在这儿陪我，一会儿后，我觉得安下心来。他的实在和沉默抚平了我的心绪。

他从口袋里掏出那本书，自顾看了起来，时不时暗自发笑。他待到最后一位探视的人走了才离开，第二天一早又过来接我。他带来一包衣服。我脱下病号服，换上他带来的衣服。

"这是睡衣。"他说，"迪奥曼德说这是田径服。他说你穿这身衣服会舒服些。我搞不明白。你现在只好穿睡衣上街了。"

出院前，医生又过来看我。我坐在床沿上，她拿一块写字板坐在我对面，也就是那种探视的客人坐的椅子。摩洛哥人靠着窗户看楼下的停车场。

"易卜拉欣先生。"她将棕色的头发撩到耳后，欲言又止，"好消息是你的脑部扫描没问题，但鉴于发生的事和我们掌握的情况，我觉得你患了创伤后应激障碍。我强烈建议你咨询你的家庭医生。"她盯着我的眼睛，一字一顿地说完，然后瞥了一眼手中的写字板，轻轻叹了口气。她抬手看了一眼手表。"你能向我保证你办得到吗？"

"能。"我答道。

"因为我不愿你不爱惜性命。"她眼中是真正的关心。

"行，医生，我保证听你的话。"

＊＊＊

我们乘公共汽车回客栈。到的时候已经是半上午了。老板娘戴一副明黄色的橡胶手套在客厅里掸尘，见我们回来，她忙不迭地迎上来。脚上那双厚底鞋踩得木地板咚咚直响。

"你想来杯好茶吗，易卜拉欣先生？"她雀跃着问。我没有回答，因为我的心思在天井。阿芙拉和阿富汗女人坐在樱桃树下的沙滩椅上，就在蜜蜂附近。法丽达看见我，对阿芙拉说了几句，然后起身让我坐下。

阿芙拉沉默了许久。她仰面迎着太阳。"我能看见影子和光了。"她说，"光线足的话，我甚至能看见树影。瞧！"她说："把你的手给我！"

我将手放在她的手上。她往前凑了凑，迎着光，将我的手放在她的眼前，告诉我左右移动，让影子掠过她的脸。

"这是光。"她说着，然后笑了，"这是影子。"

我想告诉她，她的话有多让我开心。可我做不到。

"我还能看见颜色呢！"她说，"瞧！"她指着放在花园角落里的一只红水桶。"那是什么？一丛玫瑰？"

"那是一只水桶。"我说。

她放开我的手，低下头。我见她手指盘着那枚弹子，弹子滚过她的手掌和手腕。弹子中间的红叶片映着阳光，晶莹剔透。远处轻快的嗡嗡声越来越响，仿佛一群蜜蜂飞向这方水泥天井。

"我把你弄丢了，"我听她说，"我吓坏了。"一阵风吹过，摇落的花瓣绕着她翩翩飞舞。"幸好你回来了。" 她声音里充满了悲伤。我看着弹子。

"你把穆斯塔法忘了。"她说。

"没，我没忘。"

"你忘了蜜蜂和花？我觉得你把这些都忘了。穆斯塔法日思夜盼着我们，你却绝口不提他。你深陷在一个异样的世界里。你魂不守舍，我都不认识你了。"

我不吭声。

"你闭上眼睛。"她说。

我依言闭上眼睛。

"你能看见蜜蜂吗，努里？你试着想象这样一幅画：阳光下，花丛中，蜂房、蜂巢里，成千上万只蜜蜂。你能看见吗？"

我脑海中首先出现的是，阿勒颇的田野，养蜂场金黄色的蜜蜂，接着是连片的薰衣草、石楠和穆斯塔法说的黑蜂。

"你能看见吗？"她问。

我不吭声。

"你以为看不见的人是我？"她反问。

我们沉默着坐了许久。

"你为什么不肯告诉我？"她说，"为什么不肯跟我说说你到底怎么了？"

"你哪里来的穆罕默德的弹子？"我问。

她的手突然停住了。

"穆罕默德的弹子？"她说。

"对呀，我们在伊斯坦布尔碰到的那个小男孩。"

她身子前倾，好似痛得吁了一口气。

"这是萨米的弹子。"她说。

"萨米的？"我不解。

"对呀！"

"可那是穆罕默德玩的。"

我不看她，可听见她又吁了一口气。

"我不认识什么穆罕默德。"说着，她将弹子递过来。

"就是那个落水的男孩。你不记得了？"

"没有男孩落水。一个女孩一直哭，她爸爸跳下海，她也跟着他跳下去。大伙儿七手八脚地将她捞上船，包上女人们的头巾。我记得清清楚楚。上了小岛后，烤火的时候她妈妈全都对我说了。"她将弹子推给我，催我拿着。

我勉强接过来。

"从伊斯坦布尔一路跟我们到希腊的那个小男孩，"我说，"穆罕默德，落海的那个小男孩！"

她无视我说的话，只是看了我一眼，但那一眼已经回答了我的疑问。

"你以前为什么不告诉我？"我说。

"我以为你需要他。"她说，"这枚弹子是走的那天我在家里的地上捡的，就是那帮人砸烂我们家，把他的玩具扔了一地的那天。你不记得了？"

我摸黑穿过客厅上楼，沿走廊回卧室的途中，想起她最后的话。我向窗外望去，看她脸迎着太阳坐在一树花下，她的话依然萦绕在我耳畔。

"你不记得了？"

我不知道我还记得什么。我拉上窗帘，躺在床上，闭上眼睛，听空中隐约的蜂鸣。

睁开眼后，我翻身坐在床上，看到地毯上放着一把金钥匙。我捡起钥匙直奔走廊尽头的门。开锁推门，我又置身于高高的山顶。声音嘈杂，越来越响，充斥着我的大脑。我站在山顶，身后是我的家，山脚是浩阔的阿勒颇，纯玻璃的城市，碧玉砌的城墙、清真寺、集市、屋顶、远处的阿勒颇卫城，每一幢建筑物都有着闪亮的轮廓。一座夕阳下的鬼城。我左边一闪——一个孩子跑过，向山下的河边。他穿着蓝短裤和红T恤。

"穆罕默德！"我喊道，"别跑！"

我追着他穿街走巷，绕过街角，钻过拱廊和藤萝，一路跑向河边。有一小会儿，我跟丢了，但我继续往前走，最后看见他坐在河边的一棵酸橙树下。树生机盎然，果实累累。他背对着我。我走过去，挨着他坐在河堤。

我抬手搂住他的肩膀。他转过脸，那双眼睛，那双黑眼睛，变了，变亮了，变成灰色，清澈了，仿佛有了灵魂。他的面貌开始软化，开始变形，像一群蜜蜂，然后定住。我看清了他的表情、他的脸和眉眼。男孩坐在我身边，怯生生地看着我，他原来不是穆罕默德。

"萨米。"我喊了一声。

我好想抱抱他，可我知道他好似水中的倒影，一碰就会不见，所以我静静地坐着。我发现这是他死的那天穿的衣服，红T恤和蓝短裤。他手拿弹子，脸转向玻璃城市。他从口袋里掏出一样东西递给我：一把钥匙。

"这是干什么用的？"我问。

"你给我的呀，你说它能打开一间不会倒塌的密室。"

他面前摆着乐高积木。

"你在做什么呀？"我问他。

"我在搭房子！"他说，"等到了英国，我们就住这栋房子。它不像这里的房子那么容易倒塌。"

我现在想起来了。我记得他躺在床上，害怕炸弹，然后我怎么给了他一把旧铜钥匙，它曾经能打开养蜂场的一间茅棚。我将钥匙塞在他枕头下，在这遍地废墟中，总要有一个让他觉得踏实的地方。

前方，阳光下的玻璃城市光彩熠熠，仿佛孩子画笔下的城市，铅笔勾勒的清真寺、公寓楼的轮廓。他从水里捧出一块石头。

"我们会掉进河里吗？"他睁着大大的眼睛抬头问我。这是他死前几个月问过我的话。

"不会。"

"像别人一样？"

"不会的。"

"可我的朋友说过，如果要走，我们必须过河渡海。如果过河渡海，我们会和人家一样掉进水里。我听说过他们的故事。风会打翻小船吗？小船会翻到海里吗？"

"别担心，就算船翻了，我们还有救生衣。不要紧。"

"真主——保佑——他会救我们吗？"

"会，真主会救我们的。"

这是萨米的原话。我的萨米。他又看了我一眼，眼睛瞪得大大的，充满了恐惧。"可他们砍那些男孩头的时候，他为什么不救呢？"

"谁砍他们的头呀？"

"他们排成一排等着的时候，他们没有穿黑衣服，所以才被砍头。你说是因为他们不穿黑衣服。我穿了黑衣服。你不记得了？"

"我们去散步的那天？"我说，"我们看见一群男孩站在河边的那天？"

"对呀，"他说，"我以为你忘了。你说只要我拿着钥匙，穿黑衣服，他们就看不见我；如果他们看不见我，我就能找到那间密室。"

我眼前浮现出一幅画面，我和萨米沿河边散步，看见一群少年沿河岸排成一排。

"我想起来了。"我说。

他沉默了，面露愁容，好像要哭出声。

"你在想什么呀？"我问。

"走之前，我想和朋友在花园里最后再玩一次，行吗？"

"行，"我说，"当然行。在那之后，我们再……"

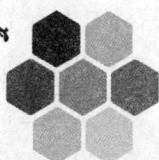

离开

……去月亮，去另一个地方，另一个时代，另一个世界，除了这里，什么地方都行。可我们逃不出这个世界。哪怕死，都困在这个世界。阿芙拉靠窗而立，任我为她穿衣、打扮。她就像一个木偶，面无表情。唯独她的手指微微哆嗦，眼皮抽搐。她一声不吭，任凭我为她套上红裙，系上围巾，穿上鞋，她站在那里，好像换了个人。

如果在街上遇见，说不定我会和她擦肩而过，不问姓名。你完全看不透她的心思。外在也好，内心也好，阿芙拉全变了。我怕触碰到她的肌肤，一为她穿戴完毕，我立即让开。她往手腕和脖子上抹玫瑰香水，那种熟练令我很不舒服。这回我们真要走了，我们要远走高飞。远离战争，远离希腊，远离萨米。

福塔基斯先生安排人接我们去机场。此人不仅是司机，还负责送我们去机场，带我们见给我们护照和机票的人。等人的时候，福塔基斯先生像什么事也没有发生似的拿小杯为我们冲希腊风味的咖啡。我看他将咖啡壶放炉子上煮，我强忍住没去厨房打开一个抽屉，取出一把刀。我要剐了他。我要让他尝尝刀一点点扎进皮肉的滋味。可如果我报了仇，我和阿芙拉这辈子都休想走。如果我留他一条狗命，我们还有机会逃出去，尽管我的某部分将永远陷进这间公寓潮湿的四壁中。我以前做过帮凶，杀过一个人，我知道我下得了手。我盯着抽屉，想象我打开它，拿出刀。这事易如反掌。

"你是一位勤勤恳恳的工人，安分守己。"

我的目光移向他的手，看他搅拌咖啡，然后笑着倒进三只小杯。

"你现在也许怀揣梦想，决心和坚强的意志真了不起。"他递给我一杯咖啡，端起另外两杯走进客厅，放在那张矮几上。他的目光落向阿芙拉。她坐在沙发上。我希望她做点什么，挠挠胳膊，或端起杯子，要不哭也行。可她呆坐在那里，好像心已经死了，只剩下一具没有灵魂的躯壳。

门外响起了门铃。福塔基斯先生帮我们把行李包提下楼，装进一辆银色梅赛德斯的后备厢。司机是一位健壮的希腊汉子，四十来岁，自我介绍叫马科斯。他靠在引擎盖上抽烟。

这是一个大晴天，朝阳装点着一栋栋建筑。建筑后镶金边的云朵下是内陆朦胧的山峦。天气微寒，公寓楼的庭院里鲜花盛开。

"我会怀念有你们在身边的日子。"福塔基斯先生抿嘴笑了。

我们要走。他要活命。

我们坐上车后座，车启动了。我向后车窗外望去，福塔基斯先生目送我们离开。我转身面向前方，努力忘记他的脸。车穿过雅典的大街小巷，阳光下这座城市看起来有点陌生。这几个星期，我了解它，几乎是在晚上，或是在太阳驱散黑暗的凌晨。如今，我见到了它的本来面目，汽车，车水马龙，讨生活的行人。马科斯打开收音机，放了一段希腊音乐，然后开始播早上九点的新闻。他调高音量，一边听一边摇头、点头。他摇下车窗，把架在车窗上的胳膊肘伸出窗外，几根手指扶着方向盘。他那随意自在的样子令我啧啧称奇。新闻一结束，他从后视镜不放心地瞥了我们一眼。

"到机场后，"他说，"我打开后备厢，你们去取行李。然后跟我走，要始终确保相距十米远。别跟得太近，也别跟丢了。一定要记住。我带你们去男卫生间。阿芙拉在外面等。有人在那儿等我们。你在卫生间等，等人都走空了，你上去敲三下门。"

我点了点头。他变道看都不看后视镜。

"听明白了没有？要不要我再说一遍？"

"听明白了。"我说。

"好。到了希思罗机场，一定要把你们的护照和登机牌扔到最近的垃圾桶。等三小时，然后向当局自首。明白了没有？"

"明白。"我说。

"一定要把它们扔了。你们一定要等满三小时，可以长，但不能短。不要说你们乘的航班。"

他从储物箱取出一管口香糖，递给我一片。我婉谢了。

"你妻子呢？"他问。阿芙拉平静地坐着，两手放在双腿间，嘴唇紧闭，有几分像安吉丽姬。如果不知道她失明，你会以为她在看窗外的风景。

"幸好你们有钱。"他说。后视镜中他的眼睛笑了。"为了去英国，大多数人不得不辗转整个欧洲，吃尽千辛万苦。有了

258

钱，你想去哪儿就去哪儿。这是我的老话。没有钱，你一辈子颠沛流离，只为了去你要去的地方。"

我正要说我不敢苟同，我们一路颠沛流离，吃尽了他想不到的苦头，告诉他这一路伤透了阿芙拉的心。可话说回来，他说的也对。没有这笔钱，我们前方还有很长的路。

"此话不假，马科斯。"我说。车沿海滨疾驰而去，他手指敲着方向盘，深吸一口气。

到了机场，我们听从马科斯的嘱咐取下行李，跟着他穿过熙熙攘攘的人群。我始终盯着马科斯的灰西服。我远远看他站在男卫生间外。他停留了片刻，确信我看见他才转身离开。我走进卫生间。一名男子在小便，一间更衣室内有人。我等那人完事。他不紧不慢地洗手，照镜子。然后又一名男子带儿子进来。他们好久才完事，我一度以为卫生间会一直人流不息，我要在里面困几小时，但卫生间很快人走一空。我按马科斯的指点敲了三下门，一名男子走出更衣室。我还没来得及看清他。

"努里·易卜拉欣？"他问。

"对。"我确认。

他将登机牌和护照交给我，仅此而已，然后扬长而去。

此后全靠我们自己。

登机的路上，我们始终一句话不说。先办理登机手续，然后过安检。过了安检门，将行李放在传送带上扫描。我心提到了嗓子眼，人也不自在起来，太在意脸上的表情。我不希望表现得战战兢兢的，我不敢看保安，生怕他们看出端倪，可又觉得这反而让我显得心虚。阿芙拉将手塞进我的手里，可摸着她的皮肤，与她靠得太近，我浑身不自在，于是退了一步。

很快，我们就拿到包，然后走向免税店。我们在那里等了一小时，后面又延误了半小时。我买了两杯咖啡，然后一路闲逛，假装漫不经心地看橱窗，一直逛到广播叫我们到27号登机口。

到了登机口，我们挨着一对带两个孩子的夫妇找了两个座位，两个孩子在玩手机游戏。我暂时放松肩膀，觉得一切顺利。我看着埋头打游戏的小男孩，他比萨米小，背一个彩色背包，坐下了都不肯放下来。

阿芙拉安安分分，我险些忘了她的存在。我内心希望她凭空消失，希望旁边的座位没有人。一局游戏结束，小男孩举起双手。这时候，我注意到登机口一阵骚动。五名警官正与一名乘务员说着什么，只见他越来越紧张不安。一位警官四下扫了一眼，我连忙低下头，小声嘱咐阿芙拉不要慌张。然后抬头不经意地一瞥，好巧不巧地与那位警官四目相遇。我以为完了，我们败露了，我们要回去了。可回哪里？回什么？

几位警官穿过登机口，走进候机厅。我屏住呼吸，心中默默祈祷。看他们向我们走来，从我们跟前走过，然后走向靠窗的最后一排座位。四名男女青年突然一跃而起，惊慌失措地抓起包，想要跑，可惜无处可逃。四个人被请出去的时候，我们都忍住不去看。一行人从我跟前经过的时候，我注意到一名小伙子哭了，他抬起手背揩脸，可滚滚的泪水模糊了他的视线，他踢到了我的包。他停下来看我。警官推着他往前走。我永远都忘不了他悲痛的表情和眼中的惊恐。

我和阿芙拉在登机口出示登机牌和护照。那女人看了看，抬头分别瞥了我们一眼，然后祝我们旅途平安、愉快。

我们登上飞机，入座。我闭上眼睛，听着喧哗声和周围人的对话，听安全须知，等飞机引擎轰鸣。阿芙拉紧紧地抓住我的手不放。

　　"我们要出发了。"我听见她小声说，"努里，我们要去和穆斯塔法相聚了，我们安全了。"我还没明白过来，飞机就起飞了，升入浩瀚的蓝天。我们终于走了，离开了。

-14-

　　一觉醒来，已是晚上。我睡在储物柜里，头顶着真空吸尘器，身上盖了一件衣服，背下塞着鞋和靴子。我爬起身，沿走廊走去。房客们都已入睡。摩洛哥人鼾声如雷。经过他的房间，看到门把手上吊着他的铜怀表。我凑近去细看蚀刻在表壳上的花和珍珠母表面，刻在表盘上的缩写字母是AL。时间定格在四点。迪奥曼德的房门大开。他侧身而卧，被子松松地披在身上。我轻手轻脚地走进他漆黑的房间，伸手摸他的背，希望能摸到翅膀，那两个紧缩成一团的球从他的黑皮肤中卷曲出来。可我摸到的不是皮肤变形形成的脊，而是沿肩胛骨突出的两大块伤疤。可能是烧伤吧。我眼中涌满泪水，只得咽下。我想到他，内心满怀梦想。

　　他翻过身，叹了口气。"妈妈。"他睁开迷迷糊糊的眼睛。

　　"我是努里。"我小声说，"你的门开着，被子掉了，我怕你受凉。"

　　我为他盖上被子，又掖了掖。他嘟哝了几句，又沉沉睡去。

　　我下楼打开玻璃门，伫立在月光下的天井里。传感器感应到我，灯亮了。蜜蜂趴在一株蒲公英上睡了。我摸了摸它的绒毛，轻轻地，免得惊扰了它的好梦。想不到它在这个小小的天井也能活下来，把这里完全当成家。我看它栖在花丛中，旁边是一汪糖水。它已经学会了不靠翅膀生存。

我现在终于明白穆罕默德不会再来了，我明白他是我臆想出来的。风拂过树叶，沙沙作响，寒意深入我的肌肤，我想象天井阴影下他那小小的身子。我对他的记忆至今长存我的心里。在我心中某个隐秘的角落，他还占着一席之地。原来占据我心中的是萨米。我记得我将他抱上床，掖好被子，在那间铺着蓝地砖的卧室。我坐在床头为他读我在市场上淘来的那本童书。他眼睛闪烁，充满了期待。我一边看，一边将英语翻译成阿拉伯语。

"谁愿意用草建房子呀？"他笑着说，"要是我就用金属，世界上最硬的金属，造宇宙飞船的那种！"

他喜欢抬头数天上的星星，编故事。感应灯灭了，我在暗中呆坐了一会儿，抬头望着漆黑的天空。现在我只剩下记忆了。风送来了阵阵海腥味，树叶颤动，我仿佛又看见了他。在我的脑海中，萨米在阿勒颇花园中的树下玩耍；在我们山上的家中，他将虫子放进玩具卡车的车斗，带它们去兜风。

"你在做什么呀？"我问他，"你带它们去哪里呀？"

"它们没有腿，我不能不管它们。我要开车带它们去月亮上！"

那晚，一轮满月高悬蓝天。

我走向我们的卧室。阿芙拉头枕着手睡着了。床头柜上放着一幅画。我拿起画，觉得一时透不过气。她画的是天井中水泥地上的那棵樱桃树，枝丫盘虬，花瓣是浅粉色的。这回色彩没有弄错，线条和阴影也不那么歪曲。湛蓝的天空飘着缕缕云彩，白鸟飞翔。树下是一幅素描，几乎看不见：铅笔勾勒出男孩柔和的轮廓，笔触柔和流畅，呼之欲出。他属于这个世界，却又不尽然。他的T恤上有淡淡的红色，能看出来阿芙拉想着色，最后又作罢了。尽管画得模糊，我却能清楚地看见他仰脸迎着太阳。

我爬上床挨着她，打量她凸凹有致的身体，同时回想起大楼闪烁的轮廓。

我伸出手，许久以来第一次抚摸她，我的手沿着她的胳膊摸到她的臀。我当她是最薄的玻璃，生怕她在我的指尖下破裂。她叹了一口气，向我挪了挪，尽管是睡着的。我这才发现我以前多么不敢碰她。

太阳冉冉升起，晨曦照亮了她美丽的脸庞，她眼角细细的皱纹，尖翘的下巴，鬓角的黑发，圆润的脖子，一直延伸到胸脯的柔软肌肤。但一下秒，我恍若看见他压着她，强迫她，她眼神中的恐惧，发不出声的惊叫，捂住她嘴的手。我想起我忘在蛇头公寓咖啡桌上的钥匙，我想起我驱车穿过雅典的大街小巷，没有返回。我现在不住地哆嗦。我拼命想摆脱这种想法。我发现我忘了去爱她。我摸着她的身体，摸着她脸上的皱纹，她的肌肤，摸着这道从脸颊一直通往她内心深处的伤疤。这些无不是我们走过的路。

"阿芙拉。"我说。

她叹了口气，微微睁开眼睛。

"是我不好。"

"哪里不好了？"

"我不该忘了钥匙。"

她一言不发，只是张开双臂搂住我。我闻到了玫瑰香，接着感觉她依偎在我的怀里痛哭。

我往后仰了仰，以便看清她，悲伤和记忆、爱和失，在她眼中迸发。我吻她的眼泪，咂摸其中的滋味，然后咽进肚子。我接受她能看到的一切。

"你把我们娘儿俩忘了。"她说。

"我知道。"

随后，我吻她的脸，吻她的身体，我的指尖摸遍她的每一寸肌肤，每一条皱纹，每一道伤疤；摸她见过、记得、经历的一切；然后头枕着她的肚子，让她抚摸我的头，抚摸我的头发。

"我们可以再要孩子，"我说，"有朝一日。他们不会经历萨米的苦难，我会为他们讲萨米的故事。"

"你不愿忘了他？"她问。

她沉默了，那一刻我能听见她腹中的心跳。

"你还记得他多么喜欢在院子里玩吗？"我说。

"当然记得。"

"他推着装在玩具卡车车斗里的那条虫子，真的以为能带它走。"

她咯咯地笑了，我也跟着笑了。她的笑声仿佛纷纷落地的硬币，在她体内荡开。

"我给他买了一张世界地图，"我说，"他用石子扮一家人，送他们出叙利亚。他见过我和穆斯塔法对着地球仪筹划我们的路线。"

"他不知道怎么将石子送过河！他一向怕水。"她说。

"我以前只能在水槽为他洗头！"

"还有你快到家时他扒着窗户等你的样子。"说完，她叹了口气，睡着了。她的内心世界平和了，平静如水。

大清早有人按门铃，可无人回应，门铃响了一遍又一遍。过

265

了半晌，才传来脚步声。光听声音就知道是摩洛哥人。他在楼梯口歇了口气才下楼，楼梯板在他的脚下吱吱嘎嘎地响。门开了，然后传来含混的对话，似乎是一个嗓音低沉的男人。我刚走到楼梯口，就听到了我的名字，我的全名，响亮而清晰。

"努里·易卜拉欣！我是来看努里·易卜拉欣的。"

我穿着睡衣，光着脚走下楼梯，背对朝阳而立的分明是穆斯塔法。我眼前闪过一幕幕回忆：他父亲在大山里的家，他祖父为热烘烘的面包抹上蜂蜜，我们去林中观察蜜蜂采蜜走过的一条条小路，他母亲的龛位和她灿烂的微笑，我们不穿防护服待在蜜蜂飞舞的养蜂场，我父亲可怜巴巴的神情和佝偻的身子，我母亲手执的红绢扇写的"缘分"——促成两个人人生交集的神秘力量——和我们的养蜂场，春光明媚的原野，成千上万只蜜蜂，熏蜂群的雇工，大伞下的聚餐……纷纷闪现在我的眼前，仿佛我只剩最后一口气了。

"努里。"他颤着嗓子只说了一句，我立即泣不成声，浑身哆嗦。我觉得永远都停不下来，隔着模糊的泪眼看见穆斯塔法走向我，他抓住我的肩膀，紧紧一握，然后一把抱住我。他为我带来了异乡的味道。

"我就知道你会来。"他说，"我知道你能行。"

说完，他退后一步打量我。我泪眼模糊，看见他热泪盈眶。他脸色苍白，苍老了许多，眼角和嘴角周围的皱纹更深了，白发也添了许多。我们面对面站着，两个被生活压垮的男人、兄弟终于在他乡重聚。摩洛哥人站在一旁看着。我这才注意到他，注意到他眼中的哀伤，不知所措地绞着指头。

"我去为你们泡茶？"他操着家乡口音的阿拉伯语说，"你从哪儿来的？你准是大老远过来的吧？"

"我从约克郡来的，"穆斯塔法说，"英格兰北部。我乘的晚班车。我之前走过的路可比这段路长多了。"

我领着穆斯塔法进了客厅，我们默默坐着。穆斯塔法绞着手欠身坐在扶手椅上，我坐沙发。他看向门外的天井，又收回目光盯着我。他张了张嘴，但话没说出口，最后我们俩同时说。

"你最近好吗，努里？"他问。

"你愿不愿意来？"他眼巴巴地问。

"那还用说。"

"因为我一个人干不了，情况不同了。"

"我能走到这里，"我说，"那我也能走到约克郡。"

"你什么时候知道我在约克郡的？"他说。想了想又说："你在邮件中说你不好？"

这时候，过道传来脚步声，是阿芙拉。她一动不动地站在门口。穆斯塔法眼睛一亮，站起身，一把抓住她的手，然后将她揽在怀里，搂了许久。我听见她吐了一口气，仿佛穆斯塔法的到来终于释去了压在她心头的重负。

今天天气晴好，我们来到天井。

"我看得见绿树了。"阿芙拉眼睛含笑，"在那儿——"她指着紧挨篱笆的石楠，"我看得见浅粉色，有时候会看得更清晰。"

穆斯塔法为她感到高兴，比我还要开心。摩洛哥人端来茶。穆斯塔法为我们介绍他的蜂房。

"阿芙拉，"他说，"你会喜欢那里的。达哈卜和阿雅盼着你去呢。那里到处是花、薰衣草和石楠田，蜜蜂从私人花园、出租地和铁路两旁采蜜。你能看到五彩缤纷的世界，我带你去。等天气转暖，我们去散步，我带你去看蜜蜂采蜜的地方。那里有一家卖哈发糕[1]和果仁蜜饯千层酥的店。"他又像孩子一样乐呵呵地说。可我听得出他未说出口的无奈，我了解他，他的言下之意是：事情必须到此为止，我们再也承受不了任何损失。

随后，他点上一支烟，咬着烟嘴，一边抽一边介绍实习班筹备组、他的学员和养蜂人协会。

"等你们来了，努里要和筹备组协助我，我们要分蜂群，建新蜂房。"他说着抬头瞥了我一眼，用语言和手势营造了一幅幅生动的画面。看得出，他想给我一个盼头。穆斯塔法总是给我盼头。

我站在玻璃门口，远远地看着他们。我想起那个从不存在的小男孩，他驱散了萨米走后留在我心头的阴霾，填补了我的空虚。有时候，我们产生如此逼真的幻觉，以免深陷绝望中。

"有朝一日，"我听穆斯塔法说，"有朝一日，我们要重返阿勒颇，重建养蜂场，焕发蜜蜂的生机。"

不过，让我重新打起精神的是阿芙拉的脸。她站在这个小小的花园里，恍若置身于穆斯塔法在阿勒颇的家的天井中，她眼中充满了忧伤和希望，充满了忧郁和阳光。

她抬头望天。樱桃树花丛中，有三只戴胜鸟栖在枝头，它们头顶着威风凛凛的羽冠，晃着弯弯的长喙，扑扇着花斑翅膀查看周围的环境。它们来了，从东方迁徙到了这座滨海小镇。

"你看见没？"我听她说，"它们来找我们了！"

我们仨抬头望去。那一刻，它们张开黑白相间的双翼，飞上无边的天空。

---

1 源于土耳其，用芝麻、面和蜜糖做的点心。

致　谢

　　感谢为我讲述自己经历和遭遇的所有人以及拓宽我眼界的难民，感谢在法罗斯为我展示什么才是真正的勇气的孩子们，我永远不会忘记你们。感谢雅典法罗斯希望中心，感谢你们出色的工作，感谢你们接纳我，感谢你们接受我的帮助。感谢你，埃利亚斯，感谢你那天在布赖顿为我讲述你一路上的艰难困苦。感谢你，里亚德·阿尔索斯教授，幸得你的鼓励；我还要感谢你们一家人的盛情款待，带我认识蜜蜂和嗡嗡项目。谢谢你，我的阿拉伯语老师易卜拉欣·奥斯曼，你耐心听我朗读，并且提出宝贵的建议。

　　感谢支持和鼓励我坚持写作的家人、朋友和同人。我要对父亲、约塔、基里和马里奥道一声谢谢，谢谢你们一如既往的支持。玛丽、罗德尼、西奥、阿西娜和基里亚科斯，你们所做的一切，我无法用语言表示感谢。谢谢安东尼和玛丽亚·妮古拉的建议。还有我的好朋友克莱尔·博尔，谢谢你的见解、建议和一直以来的支持。还有玛丽安娜·拉里奥斯，谢谢你不离不弃。路易斯·埃万耶卢，谢谢你愿意倾听和提出富于创意的点子，还要感谢克里斯叔叔的耐心和帮助。感谢罗斯·阿特菲尔德和西莉亚·布雷菲尔德博士两位良师。感谢伯娜丁·埃瓦里斯托、马特·索恩和达尔吉特·纳格拉的支持。理查德·英格利希，谢谢你和我谈有关写作、人生和所有的一切。安索拉、萨纳西斯、卡特琳娜和康斯坦丁诺斯·卡夫达、玛丽亚和亚历克西斯·帕帕，我要向这几位在雅典帮助过我的亲人道一声谢，谢谢你们的热情款待。去雅典的航班上幸会马修·赫特，谢谢你给我的建议。对萨勒马·卡斯玛尼，我要大声对你道一声谢谢，谢谢你不厌其烦地审读我的手稿，给我绝妙的建议和洞见。感谢你，斯图尔特，感谢你一路陪伴我历经坎坷和波折。

谢谢我的出版商邦尼尔·扎弗尔，特别是凯特·帕金，谢谢你一直支持我。玛格丽特·斯特德、费利斯·麦基翁、费兰切斯卡·拉塞尔和佩尔明德·曼，我没忘记你们。谢谢你，阿尔祖·塔赫辛，谢谢你敏锐的编辑眼光和建议。

最后，我要感谢我的代理人玛丽安娜·冈恩·奥康纳，你的信任让我永不言弃，感谢你的爱心、支持和一路上的陪伴。谢谢维姬·萨特洛，你的帮助给黑夜带来了光明、鲜花和甜蜜。还有你，艾利森·沃尔什，谢谢你对稿件提出的建议。

一路走来的经历、有幸遇到的人、所见所闻，改变了我看世界的角度。

以下是一封作者来信。

亲爱的读者：

2016年夏天和2017年夏天，我两赴雅典，在一家难民救助中心担任志愿者。难民每天源源不断地涌入希腊，不知所措，担惊受怕，他们多半来自叙利亚和阿富汗。在他们人生遭遇大难的时候，我很高兴能尽一份绵薄之力，这段经历也拓宽了我的眼界。

我发现人渴望讲述自己的故事，虽然有语言障碍，但他们渴望说，渴望别人倾听、看见。孩子们喜欢画画。他们画气球、树木，以及树下的帐篷和尸体。这些画和故事令我心绪难安。可这都是事实，是他们的亲身经历。

回到伦敦，我希望淡忘我的所见所闻和恐惧，可事与愿违，我始终忘不了。我觉得应该写一篇小说，借小说讲述这些孩子、这些家庭的遭遇和故事。

我常常自问："看见"一词究竟是什么意思？阿芙拉重振精神，这位目睹儿子丧生的女人，这位因炸死儿子的炸弹失明的女人。我后来碰到一位曾在叙利亚养蜂的汉子。他辗转来到英国，建蜂房，传授难民养蜂技术。蜜蜂象征着脆弱、生命和希望。小说的主人翁努里是一位自豪的父亲和养蜂人。种种变故后，他努力与被击垮的妻子阿芙拉沟通。她悲痛欲绝，眼睛又看不见了，他要找她回来。她不愿离开阿勒颇，她深陷在自己的悲伤中。而努里深知，只有远走他乡，他们才能活命。只有愿意看，愿意感觉彼此的存在和爱，他们才能踏上生存和重生的道路。

　　《阿勒颇养蜂人》是一部虚构作品。努里和阿芙拉这两个人物，是我在陪伴那些辗转到达希腊的孩子和家庭的过程中，一步步构思的。我写过一篇故事，说明我们失去太多的时候，如何与我们最在乎的人相处。《阿勒颇养蜂人》讲述的是永失至爱，但也讲述了寻找爱和光明的故事。这是我在雅典大街小巷和难民营看到的、听到的。

克里丝蒂·莱夫特里

如果想详细了解克里丝蒂和她的作品，想加入克里丝蒂·莱夫特里的读者俱乐部，请猛戳：www.beekeeperofaleppo.com

著作权合同登记号：图字18-2020-154

图书在版编目（CIP）数据

阿勒颇养蜂人 /（英）克里丝蒂·莱夫特里
（Christy Lefteri）著；王国平，王宏宇问译 . -- 长沙：
湖南文艺出版社，2021.1
　　书名原文：The Beekeeper of Aleppo
　　ISBN 978-7-5404-9814-6

　　Ⅰ. ①阿… Ⅱ. ①克… ②王… ③王… Ⅲ. ①长篇小
说—英国—现代 Ⅳ. ① I561.45

中国版本图书馆 CIP 数据核字（2020）第 205895 号

上架建议：外国小说

ALEPO YANG FENG REN
阿勒颇养蜂人

作　　者：〔英〕克里丝蒂·莱夫特里
译　　者：王国平　王宏宇问
出 版 人：曾赛丰
责任编辑：丁丽丹
监　　制：刘　毅
策划编辑：王莉芳
营销编辑：段海洋
版权支持：张雪珂
版式设计：李　洁
出　　版：湖南文艺出版社
　　　　　（长沙市雨花区东二环一段 508 号　邮编：410014）
网　　址：www.hnwy.net
印　　刷：三河市百盛印装有限公司
经　　销：新华书店
开　　本：875mm × 1230mm　1/32
字　　数：205 千字
印　　张：8.75
版　　次：2021 年 1 月第 1 版
印　　次：2021 年 1 月第 1 次印刷
书　　号：ISBN 978-7-5404-9814-6
定　　价：45.00 元

若有质量问题，请致电质量监督电话：010-59096394
团购电话：010-59320018